回望萧红

萧红散文选

# 春意挂上了树梢

萧红 著

广陵书社

**图书在版编目（CIP）数据**

春意挂上了树梢 ：萧红散文选 / 萧红著. -- 扬州 ：
广陵书社，2020.3（2022.3 重印）
（回望萧红 / 陈武主编）
ISBN 978-7-5554-1343-1

Ⅰ. ①春… Ⅱ. ①萧… Ⅲ. ①散文集－中国－现代
Ⅳ. ①I266

中国版本图书馆CIP数据核字(2019)第292623号

| | | | |
|---|---|---|---|
| 书　　名 | 春意挂上了树梢：萧红散文选 | 丛 书 名 | 回望萧红 |
| 著　　者 | 萧　红 | 丛书主编 | 陈　武 |
| 责任编辑 | 胡　珍 | 特约编辑 | 罗路晗 |
| 出 版 人 | 曾学文 | 封面设计 | 琥珀视觉 |

---

出版发行　广陵书社
扬州市四望亭路 2-4 号　邮编：225001
(0514)85228081(总编办)　85228088(发行部)
http://www.yzglpub.com　E-mail:yzglss@163.com
印　　刷　三河市华东印刷有限公司

开　　本　880mm×1230mm　1/32
字　　数　211 千字
印　　张　11
版　　次　2020 年 3 月第 1 版
印　　次　2022 年 3 月第 2 次印刷
书　　号　ISBN 978-7-5554-1343-1
定　　价　68.00 元

# 目　录

# 小黑狗

像从前一样，大狗是睡在门前的木台上。望着这两只狗我幽默着。我自己知道又是想起我的小黑狗来了。

前两个月的一天早晨，我去倒脏水。在房后的角落处，房东的使女小钰蹲在那里。她的黄头发毛着，我记得清明的，她的衣扣还开着。我看见的是她的背面，所以我不能预测这是什么发生了！

我斟酌着我的声音，还不等我向她问，她的手已在颤抖，唔！她颤抖的小手上有个小狗在闭着眼睛，我问：

"哪里来的？"

"你来看吧？"

她说着，我只看她毛蓬的头发摇了一下，手上又是一个小狗在闭着眼睛。

不仅一个两个，不能辨清是几个，简直是一小堆。我也和孩子一样，和小钰一样欢喜着跑进屋去，在床边拉他的手：

“平森……啊，……喔喔……”

我的鞋底在地板上响，但我没说出一个字来，我的嘴废物似的啊喔着。他的眼睛瞪住，和我一样，我是为了欢喜，他是为了惊愕。最后我告诉了他，是房东的大狗生了小狗。

过了四天，别的一只母狗也生了小狗。

以后小狗都睁开眼睛了。我们天天玩着它们，又给小狗搬了个家，把它们都装进木箱里。

争吵就是这天发生的：小钰看见老狗把小狗吃掉一只，怕是那只老狗把它的小狗完全吃掉，所以不同意小狗和那个老狗同居，大家就抢夺着把余下的三个小狗也给装进木箱去，算是那白花狗生的。

那个毛褪得稀疏、骨骼透露、瘦得龙样似的老狗，追上来！白花狗仗着年轻不惧敌哼吐着开仗的声音。平时这两条狗从不咬架，就连咬人也不会。现在凶恶极了，就像两条小熊在咬架一样。房东的男儿、女儿、听差、使女，又加我们两个，此时都没有用了。不能使两个狗分开。两个狗满院疯狂的拖跑。人也疯狂着。在人们吵闹的声音里，老狗的乳头脱掉一个，含在白花狗的嘴里。

人们算是把狗打开了。老狗再追去时，白花狗已经把乳头吐到地上，跳进木箱看护它的一群小狗去了。

脱掉乳头的，血流着，痛得满院转走。木箱里它的三个

小狗却拥挤着不是自己的妈妈在安然的吃奶。

有一天把个小狗抱进屋来放在桌上，它害怕得不能迈步，全身有些颤，我笑着像是得意，说：

“平森，看小狗啊！”

他却相反，说道：

“哼！现在觉得小狗好玩，长大要饿死的时候，就无人管了。”

这话间接的可以了解，我笑着的脸被这话毁坏了，用我寞寞的手，把小狗送了出去，我心里有些不愿意，不愿意小狗将来饿死。可是我却没有说什么，面向后窗，我看望后窗外的空地，这块空地没有阳光照过，四面立着的是有产阶级的高楼，几乎是和阳光绝了缘。不知什么时候，小狗是腐了，烂了，挤在木板下，左近有苍蝇飞着。我的心情完全神经质下去，好像躺在木板下的小狗就是我自己，像听着苍蝇在自己已死的尸体上寻食一样。

平森走过来，我怕又要证实他方才的话，我假装无事，可是他已经看见那个小狗了！我怕他又要象征着说什么，可是他已经说了：

“一个小狗死在这没有阳光的地方，你觉得可怜么？年老的叫花子不能寻食，死在阴沟里，或是黑暗的街道上。女人，孩子，就是年轻人失了业的时候也是一样。”

我愿意哭出来，但我不能因为人都说女人一哭就算了事，我不愿意了事。可是慢慢地我终于哭了！他说："悄悄，你要哭么？这是平常的事，冻死，饿死，黑暗死，每天有这样的事情，把持住自己！渡我们的桥梁吧！小孩子！"

我怕着羞把眼泪拭干了，但，终日我是心情寞寞。

过了些日子，十二个小狗之中又少了两个。但是这些更可爱了！会摇尾巴，会学着大狗叫，跑起来在院子就是一小群。有时门口来了生人，它们也跟着大狗跑去，并不咬，只是摇着尾巴，就像和生人要好似的，这或是小狗还不晓得它们的责任，还不晓得保护主人的财产。

天井中纳凉的软椅上，房东太太吸着烟，她开始说家常话了。结果又说到了小狗：

"这一大群什么用也没有，一个好看的也没有，过几天把它们远远的送到马路上去。秋天又要有一群，厌死人了！"

坐在软椅旁边的是个六十多岁的老经管。眼花着，有主意的嘴吃着说：

"明明……天，用麻……袋背送到大江去。"

小钰是个小孩子，她说：

"不用送大江，慢慢都会送出去。"

小狗满院跑跳。我最愿意看的是它们睡觉，多是一个压着一个脖子睡，小圆肚一个个的相挤着。是凡来了熟人的时候都是往外介绍，生得好看一点的抱走了几个。

其中有一个耳朵最大、肚子最圆的小黑狗，算是我的了！我们的朋友用小提篮带回去两个，剩下的只有一个小黑狗和一个小黄狗。老狗对它两个非常珍惜起来，争着给小狗去舐绒毛，这时候，小狗在院子里已经就不成群了！

我从街上回来，打开窗子。我读一本小说。那个小黄狗它挠窗纱，和我玩笑似的竖起身子来，挠了又挠。

我想：

“怎么几天没有见到小黑狗呢？”

我喊了小钰。别的同院住的人都出来了，找遍全院，不见我的小黑狗。马路上也没有可爱的小黑狗，再看不见它的大耳朵了！它忽然是失了踪！

又过三天，小黄狗也被人拿走。

没有妈妈的小钰向我说：

“大狗一听隔院的小狗叫，它就想起它的孩子。可是满院急寻，上楼顶去张望，最终一个都不见。它哽哽的叫呢！”

十三个小狗一个不见了！和两个月以前一样，大狗是孤独地睡在木台上。

平森的小脚，鸽子形的小脚，栖在床单上，他是睡了，我在写，我在想，玻璃窗上的三个苍蝇在飞……

一九三三，八，一

# 广告副手




## 一

地板上细碎的木屑，油罐，颜料罐子。不流通的空气的味，刺人的散散乱乱的混杂着。

木匠穿着短袖的衬衫，摇着耳朵，胳膊上年老的筋肉，忙碌的突起，又忙碌的落下；头上流下的汗水直浸入他白色的胡子根端去。

另一个在大广告牌上涂抹着红颜料的青年，确定的不希望回答，拉起读小说的声音说：

“这就是大工厂啊！”

屋子的右半部不知是架什么机器哒哒地响。什么声音都给机器切断了！芹的叹息声听不见，老木匠咳嗽声也听不见，只是抖着他那年老快不中用的胳膊!

芹在大牌上涂了一块白色，现在她该用红色了！走到颜料罐子的堆里去寻，肩上披着两条发辫。

“这就是大工厂啊！”

“这就是大工厂啊！”

芹追紧这个反复的声音，望着那个青年正在涂抹的一片红色，她的骨肉被割的在切痛，这片红色捉人心魂的在闪着震撼的光。

“努力抹着自己的血吧！”

她说的话别人没有听见，这却不是被机器切断的，只是她没说出口来。

站在墙壁一般宽大的广告牌前，消遣似的她细数着老木匠喘着呼吸的次数！但别一方她却非消遣，实际的需要的想下去：

“我决不能涂抹自己的血，——……每月二十元。”

“我决不能涂抹自己的血，我不忍心呀! ——……二十元。”

“米袋子空了！蓓力每月的五元稿金，现在是提前取出来用掉了！”

“可是怎么办? ——……二十元……二十元……二十元……”

她爽快的拉条短凳在坐着。脑壳里的二十元，就像一架压榨机一样，一发动起来，不管自己的血、人家的血，就一起的从她的笔尖滴落到大牌子上面。

那个青年蹲着在大牌子上画。老木匠面向窗口运着他的老而快不中用的胳膊。三个昏黄的影子在墙上在牌子上慌忙地摇晃。

外面广茫的夜在展开着。前楼提琴响着，钢琴也响着。女人的笑声，经过老木匠面向的窗口，声音就终止在这暗淡的灯光里了！木匠带着胡子流着他快不中用的汗水。那个披着发辫的女人登上木凳在涂着血色。那个青年蹲在地板上也在涂着血色。琴声就像破锣似的，在他们听来，不尊贵，没有用。

“这就是大工厂啊！他妈妈的！”

这反复的话，隔一段时间又要反复一遍。好像一盘打字机似的，从那个青年的嘴里一字一字地跳出。

芹摇晃着影子，蓓力在她的心里走……

“他这回不会生气的吧！我是为着职业。”

“他一定会晓得我的。”

门扇打开走进一个鼻子上架着眼镜，手里牵着文明杖，并且上唇生着黑鼻涕似的小胡。他进来了！另一个用手帕掩着嘴的女人，也走来了！旗袍的花边闪动了一下，站在门限。

“唔，我可受不了这种气味，快走吧！”

男人正在鉴赏着大牌子上的颜色。他看着大牌子方才芹弄脏了的红条痕。他的眼眉在眼镜上面皱着，他说：

“这种红色不太显明，不太好看。”

穿旗袍的女人早已挽起他的胳膊，不许再停留一刻。

“医生不是说过吗？你头痛都是常到广告室看广告被油气熏的。以后用不着来看，总之，画不好凭钱不是什么都可以做到吗？画广告的不是和街上乞丐一样多吗？”

门扇没给关上，开着，他们走了！他们渐去渐远的话声，渺茫的可以听到：

“……女人为什么要做这种行道？真是过于笨拙了！……过于想不开了……”

那个青年摇着肩头把门关好，又摇动着肩头在说：“叫你鉴赏着我们的血吧！就快要渲染到你们的身上了……”

他说着，并且用手拍打自己的膝盖。

芹气得喘不上气来，在木凳上痴呆茫然地立着，手里红颜色的笔溜到地板上，颜料罐子倒倾着；在将画就的大牌子上，在她的棉袍上爬着长条的红痕。

青年摇起昏黄的影子向着芹的方面：

“这可怎样办？四张大牌子明天就一起要。现在这张又弄上红色，方才进来的人就是这家影院的经理。那个女人就是他的姨太太。”

芹的影子就像钉在大牌子上似的，一动不动。她在失神地想啊：

“这真是工厂啊！方才走进来的那个小胡的男人不也和工厂主一样吗？别人，在黑暗里涂抹的血，他们却拿到光明的地方去鉴赏、玩味！”

外面广茫的夜在流。前楼又是笑声拍掌声，带着刺般传来，突刺着芹的心。

广告室里机器响着，老木匠流着汗。

老木匠的汗为谁流呢？

## 二

房门大开着，碗和筷子散散乱乱的摊在炉台上，屋子充满黄昏的颜色。

蓓力到报馆送稿子回来一看着门扇，他脸就带上了惊疑的色彩，他心不平静的在跳：

“腊月天还这样放空气吗？”

他进屋摸索着火柴和蜡烛。他的手惊疑的在颤动。他心假装平静无事的跳。他嘴努力平静着在喊：

“你快出来，我知道你又是藏在门后了！”

“快出来！还等我去门后拉你吗？”

脸上笑着，心里跳着，蜡油滴落了满手。他找过外屋门后没有，又到里屋门后：

“小东西，你快给我爬出来！”

他手按住门后衣挂上的衣服，不是芹。他的脸为了不可止的惊疑而愤怒，而变白。

他又带着希望寻过了床底、小厨房，最后他坐在床沿，无意识的掀着手上的蜡油，心里是这样的想：

"怎么她会带着病去画广告呢？"

蜡油一片一片地落到膝盖上，在他心上翻腾起无数悲哀的波。

拿起帽子一种悲哀勇敢的力量推着他走出房外，他的影子投向黑暗的夜里。

门在开着，墙上摇颤着空虚寂寞的憧影，蜡烛自己站在桌子上燃烧。

## 三

帽子在手里拿着，耳朵冻得和红辣椒一般，跑到电影院了！太太和小姐们穿着镶边的袍子从他的眼前走过，只像一块肮脏的肉，或是一个里面裹着什么龌龊东西的花包袱，无手无足的在一串串的滚。

但，这是往日的情形，现在不然了。他恨得咬得牙齿作响，他想把这一串串的包袱肚子给踢裂。

电影厂里，拍手声和笑声，从门限射出来。蓓力手里摆着帽子，努力抑止脸上急愤的表情，用着似平和的声音说：

"广告室在什么地方？"

"有什么事？"

"今天来画广告的那个女人，我找她。广告室在什么地方？"

"画广告的人都走了！门关锁了！"

"不能够，你去看看！"

"不信把钥匙给你去看。"

站在门旁那个人到里面，真的把钥匙拿给蓓力看了！钥匙是真的，蓓力到现在，把方才愤怒的方向转变了！方才的愤怒是因为芹带着病画广告，怕累得病重；现在他的愤怒是转向什么方向去了呢？不用说他心内冲着爱和忌妒两种不能混合的波浪。

他走出影院的门来，帽子还是在手里拿着，有不可释的无端的线索向他抛着：

"为什么呢？她不在家，也不在这里？"

满天都是星，各个在闪耀，但没有一个和蓓力接近的。他的耳朵，冻得硬了！他不感觉，又转向影院去，坐在大长椅上。电影厂里扰攘着噪杂的烦声，来来去去高跟鞋子的脚，板直的男人裤腿，手杖，女人牵着的长毛狗。这一切蓓力今天没有骂他们，只是专心地在等候。他想：

"芹或者到里面看电影去了，工作完了这里看电影是方便的。"

里门开放了！走出来麻雀似的人群吱吱的闹着骚音。蓓力站起来，眼睛花了一阵在寻找芹。

芹在后院广告室里，遥远缥缈地听着这骚音了！蓓力却在前房里寻芹。

门是开着，屋子里的蜡燃烧得不能再燃烧了！尽了！蓓力从影院回来的时候，才发觉自己是忘掉把蜡吹灭就走出去。

屋子给风吹得冰冷就和一个冰窖似的。门虽是关好，门限那儿被风带进来的雪霜凛凛的仍是闪光。仅有的一支蜡烛烧尽了！蓓力只得在黑暗里摸索着想：

“一看着职业什么全忘了！开着门就跑了！”

冷气充满他的全身，充满全室，他耳朵冻得不知道痛，躬着腰，他倒在床间。屋子里黑魆魆的，月光从窗子透进来，但，只是一小条，没有多大帮助。蓓力用他僵硬的手掠着头发在想。

门口间被风带进来雪的沙群，凛凛的闪着泪水般的光芒：“看到职业，什么全忘了！开着门就跑了！可是现在为什么她不在影院呢？到什么地方去了？除开职业之外，还有别的力量躲在背后吗？”

他想到这里，猛然咒骂起自己来了：

“芹是带着病给人家画广告去，不都是为了我们没有饭吃吗？现在我倒是被别的力量扰乱了！男人为什么要生着这样出乎意外怀疑的心呢？”

## 四

蓓力的心软了，经过这场愤恨，他才知道芹的可爱，芹的伟大处！他又想到影院去寻芹，接她回来，伴随着她，倚着肩头，吻过她，从影院把她接回来。

这不过是一刻的想象，事实上他没那么做。

他又接着烦恼下去，他不知道是爱芹还是恨芹。他手在捶着床，脚也在捶床。乱捶乱打，他心要给烦恼涨碎了！烦恼把一切压倒。

落在门口间地板上的雪，像刀刃一样在闪着凛凛的光。

蓓力蓬着头发，眉梢直竖到伏在额前的发际，慌怔的影子从铁栏栅的大门投射出来，向着路南那个卖食物的小铺去。

## 五

影院门又是闹着骚音，芹同别的人，同看电影的小姐少爷们，从同一个门口挤出来，她脸色也是红红，别人香粉的气味也传染到她的身上。

她同别人走着一样畅快的步子，她在摇动肩头，谁也不知道她是给看电影的人画广告的女工。街旁没有衣食的老人，他知道凡是看电影的大概都是小姐或太太；所以他开始向着这个女工张着向小姐们索钱的手，摆着向小姐们索钱的姿势。手在颤动，板起脸上可怜的笑容，眼睛含着眼泪，嗓子暗哑，声音在抖颤。

可怜的老人，只好再用他同样的声音，走向别一群太太、小姐，或绅士般装束的人们面前。

在老头子只看芹的脸红着，衣服发散着香气，他却不知道衣服的香味是别人传染过来的。脸红是在广告室里被油气和不流通的空气熏的。

芹心跳，她一看高悬在街上共用的大钟快八点了！她怕蓓力在家又要生气，她慌忙地摇着身子走，她肚子不痛了！什么病也跑开。

她又想蓓力不会生气的，她知道蓓力平时是十分爱她。她兴奋得有些多事起来。往日躲在楼顶的星星，现在都被她发见了！红色的，黄色的，白色的，但在星星的背后似乎埋着这样的意义：

“这回总算不至于没有柈子烧了。米袋子会涨起，我们的肚子也不用忧虑了！屋子可以烧得暖一点，脚也不至于再冻破下去，到月底取钱的时候，可以给蓓力买一件较厚的毛衣。腊月天只穿一件夹外套是不行呢！”

她脚虽是冻短，走路有些歪斜，但，这是往日的情形，现在她理由充足的在摇着肩头走。

在铁栅栏的大门前，蓓力和芹相遇了。蓓力的脸，没有表情，就像没看着芹似的，蓬着头发走向路南小铺去。

芹方才的理由到现在变成了不中用。她脸上也没有表情，跟住蓓力走进小铺去；蓓力从袖口取出玻璃杯来，放在柜台上，并且手指着摆格子上的大玻璃瓶。

芹抢着他的手指说：

“你不要喝酒！”

纯理智的这话没有一点感情。没有感情的话谁肯听呢？

蓓力买了两毛钱酒，两支蜡烛。

一进门，摸着黑，他把酒喝了一半，趁着蓓力点蜡的机会，芹把杯子举起，剩余的一半便吞下她的肚里去。

蓓力坐下，把酒杯高举，喝一口是空杯，他望着芹的脸遥远并隔离地笑了笑！因为酒，他脸变得通红，又因为出去，手拿着帽子，耳朵更红。

蓓力和芹隔着桌子坐着，蜡烛在桌上站立，一个影子落在东墙；一个影子落在西墙，两个影子相隔的摇晃呀。

蓓力没有感情地笑着说：

“你看的是什么影片呀？”

芹恐惶地睁大了眼睛，她的嗓子浸进眼泪去，喑哑着说：

“我什么都不能讲给你，你这话是根据什么来路呢？”

蓓力还用着他同样的笑脸说：

“当我七点钟到影院去寻你，广告室的门都锁了！”

芹的眼泪似乎充满了嗓子，又充满了眼眶，用她喑哑的声音解辩：

“我什么时候看的电影？你想我能把你留家，自己坐在那里看电影吗？我是一直画到现在呀？”

蓓力平时爱芹的心现在没有了！他不管芹的声音暗哑，追根，确定的用手作着绝对的手势说：

“你还有什么可说？锁门的钥匙都拿给我看了！”

芹的理由没有用了！急得像个小孩子似的摇着头，瞪着眼，脸色急得发青，酒力冲上来，脸色发着红。

蓓力还像有话要说似的，但是他肚子里的酒，像要起火似的烧着，酒的力量叫他把衣服脱得一件不留，光着脚在地板上走来走去。一会他又把衣裳、裤子、袜子一件一件的摊在地板上，最后他坐在衣服上，用被风带进来的霜雪擦着他中了酒通红的脚，嘴在唱着说：

“真凉快呀！我爱的芹呀！你不来洗个澡吗？”

他躺在地板上了，手捉抓着前胸，嘴里在唱，同时作呕。

他又歪斜地站起，把屋门打开立时又关上了！他嚷着中国人送灶王爷的声调：

“灶王爷开着门上西天！”

他看看芹也躺在地板上了，在下意识里他爱着芹，把他摊在地板上的衣服，都掀起来给芹盖好。他用手把芹的眼睛张开说：“小妹妹，你睁开眼睛看看，把我的衣服脱得一件不留给你盖上，怕你着凉，你还去画广告吗？”

芹舌头短，不能说话。

蓓力反复地问她，她不能说话，蓓力持着酒气，孩子般的恼了！把衣裳又一件件的从芹的身上取下来，重铺到地板上，和方才一样，用霜雪洗着脚，蜡烛昏黄的影子，和醉了酒的人一致的摇荡。夜深寂静的声音在飘漾着。蓓力被酒醉得用下意识在唱：

“看着职业，开着门就跑了！”

“连我也不要了！”

“连我也不要了！——开着门就跑了……”

## 六

第二天蓓力病了！冻病了！芹耐着肚子痛从床上起来，蓓力问她：

“你为什么还起得这样早？”

芹回答：

“我去买样子！”

在这话后面，却是躲着别的意思：

“四个大牌子怕是画不出来，要早去点。”

芹肚子痛得不能直腰，走出大门口去，一会样子送来了！她在找钱，蓓力的几个衣袋找遍了！她惊恐地问蓓力：

“昨天的五角钱呢？”

蓓力想起来了：

“昨晚买酒的五角钱都给了小铺了！”

送样子的人在门外等着，芹出去，低着头说：“一时找不到钱，下午或是明天来拿好吗？”

那个人带着不愿意的脸色，掮起样子来走了！芹是眼看着样子被人掮走了！

## 七

正是九钟一刻，蓓力的朋友（画广告的那个青年）来了！他说：“昨夜大牌子上弄的那条红痕被经理看见了！他说芹当广告副手不行，另找来一个别的人。”

# 中秋节

记得青野送来一大瓶酒，董醉倒在地下，剩我自己也没得吃月饼。小屋寞寞的，我读着诗篇，自己过个中秋节。

我想到这里，我不愿想。望着四面清冷的壁，望着窗外的天。我侧倒在床上，看一本书，一页，两页，许多页，不愿看。那么我听着桌上的表，看着瓶里不知名的野花，我睡了。

那不是青野吗？带着枫叶进城来，在床沿大家默坐起。枫叶插在瓶里，放在桌上，后来枫叶干了坐在院心。常常有东西落在头上，啊，小圆枣滚在墙根处。枣树的命运渐渐完结着。晨间学校打钟了，正是上学的时候，梗妈穿起棉袄打着嚏喷在扫偎在墙根哭泣的落叶，我也打着嚏喷。梗妈捏了我的衣裳说，九月时节穿单衣服，怕是害凉。董从他房里跑出，叫我多穿件衣服，我不肯。经过阴凉的街道走进校门。

在课室里可望到窗外黄叶的芭蕉。同学们一个跟着一个的向我问：

“你真耐冷，还穿单衣。”

“你的脸为什么紫色呢？”

“倒是关外人……”

她们说着，拿女人专有的眼神闪视。到晚间，嚏喷打得越多，头痛，两天不到校。上了几天课，又是两天不到校。

森森的天气紧逼着我，好像是秋风逼着黄叶样，新历一月一日降雪了，我打起寒颤。开了门望一望雪天，呀！我的衣裳薄得透明了，结了冰般地。

跑回床上，床也结了冰般地。我在床上等着董哥，等得太阳偏西，董哥偏不回来。向梗妈借十个大铜板，于是吃烧饼和油条。

青野踏着白雪进城来，坐在椅间，他问：

“绿叶怎么不起呢？”

梗妈说：“一天没起，没上学，可是董先生也出去一天了。”

青野穿的学生服，他摇摇头，又看了自己有洞的鞋底，走过来，他站在床边又问：

“头痛不？”把手放在我头上试热。

说完话他去了，可是太阳快落时，他又回转来。董和我都在猜想。他把两元钱放在梗妈手里，一会就是门外送烤的小车子哗铃的响，又一会小煤炉在地心红着。同时，青野的被子进了当铺。从那夜起，他的被子没有了，盖着褥子睡。

这已往的事，在梦里，又关不住了。

门响，我知道是三郎回来了，我望了他，我又回到梦中。可是他在叫我：

“起来吧，悄悄，我们到朋友家去吃月饼。”

他的声音使我心酸，我知道今晚连买米的钱都没有，所以起来了，去到朋友家吃月饼。人嚣着，经过菜市，也经过睡在路侧的僵尸。酒醉得晕晕的，走回家来，两人就睡在清凉的夜里。

三年过去了，现在我认识的是新人，可是他也和我一样穷困，使我记起三年前的中秋节来。

# 一　天



他在祈祷，他好像是向天祈祷。

正是跪在栏杆那儿，冰冷的，石块砌成的人行道。然而他没有鞋子，并且他用裸露的膝头去接触一些冬天的石块。我还没有走近他，我的心已经为愤恨而烧红，而快要涨裂了！我咬我的嘴唇，毕竟我是没有押起眼睛来走过他。

他是那样年老而昏聋，眼睛像是已腐烂过。街风是锐利的：他的手已经被吹得和一个死物样。可是风，仍然是锐利的。我走近他，但不能听清他祈祷的文句，只是喃喃着。

一个俄国老妇，她说的不是俄语，大概是犹太人，把一张钞票子放到老人的手里，同时他仍然喃喃着，好像是向天祈祷。

我带着我重得和石头似的心走回屋中，把积下的旧报纸取出来，放到老人的面前，为的是他可以卖几个钱，但是当我已经把报纸放好的时候，我心起了一个剧变，我认为我是再平庸没有的人了！仿佛我是作了一件蠢事般地。于是我摸衣袋，我思考家中存钱的盒子，可是连半角钱的票子都不能够寻思得到。老人是过于笨拙了！怕是他不晓得怎样去卖旧报纸。

我走向邻居家去，她的小孩子在床上玩着，她常常是没有心思向我讲一些话。我坐下来，把我带去的小包袱打开，预备裁一件衣服。可是今天雪琦说话了：

“于妈还不来，那么我的孩子，会使我没有希望。你看！我是什么事也没有作，外国语不能读，而且我连读报的趣味都没有呀！”

“我想你还是另寻一个老妈子好啦！”

“我也这样想，不过实际是困难的。”

她从生了孩子以来，那是五个月，她沉下苦恼的陷阱去。唇部不似从前有颜色，脸儿皱绉。

为着我到她家去替她看小孩，她走了，和猫一样蹑手蹑足的下楼去了。

小孩子自己在床上玩得厌了，几次想要哭闹，我忙着裁旗袍，只是用声音招呼他。看一下时钟，知道她去了还不到一点钟，可是看小孩子要多么耐性呀！我烦乱着，这仅是一点钟。

妈妈回来了，带进来衣服的冷气，后面跟进来一个瓷人样的，缠着两只小脚，穿着毛边鞋子，她坐在床沿，并且在她进房的时候，她还向我行了一个深深的鞠躬礼。我又看见她戴的是毛边帽子，她坐在床沿。

过了一会她是欣喜的，有点不像瓷人："我是没有作过老妈子的，我的男人在十八道街开柳条包铺，带开药铺……我实在不能再和他生气，谁都是愿意支使人，还有人愿意给人家支使吗？咱们命不好，那就讲不了！"

像猜谜似的，使人想不出她是什么命运。雪琦她欢喜，她想幸福是近着她了，她在感谢我：

"玉莹，你看今天你若不来，我怎能去找这个老妈子来呀！"

那个半老的婆娘仍然讲着："我的男人他打我骂我，以先对我很好，因为他开柳条包铺，要招股东。就是那个入二十元钱顶大的股东，他替我造谣，说我的娘家有钱，为什么不帮助开柳条包铺呢？在这一年中就连一顿舒服饭也没吃过，我能不伤心吗！我十七岁过门，今年我是二十四岁。他从不和我吵闹过。"

她不是个半老的婆娘，她才二十四岁。说到这样心伤的地方她没有哭，她晓得做老妈子的身份。可是又想说下去。雪琦眉毛打锁，把小孩子给她：

"你抱他试试。"

小孩子，不知为什么，但是他哭，也许他不愿看那种可怜的脸相？

雪琦有些不快乐了，只是一刻的工夫，她觉得幸福是远着她了！

过了一会她又像个瓷人，最像瓷人的部分，就是她的眼睛，眼珠定住，我们一向她看去，她忙着把眼珠活动一下，然而很慢，并且一会又要定住。

“你不要想，将来你会有好的一日……”

“我是同他打架生气的，一生气就和个呆人样，什么也不能做。”那瓷人又忙着补充一句，“若不生气什么病也没有呀！好人一样，好人一样。”

后来她看我缝衣裳，她来帮助我，我不愿她来帮助，但是她要来帮助。

小孩子吃着奶，在妈妈的怀中睡了！孩子怕一切音响，我们的呼吸为着孩子的睡觉都能听得清。

雪琦更不欢喜了，大概她在恐怕着，她在计量着，计量她的计划怎样失败。我窥视出来这个瓷器的老妈，怕是一会就要被辞退。

然而她是有希望的，满着希望，她殷勤的在盆中给小孩在洗尿布。

“我是不知当老妈子的规矩的，太太要指教我。”她说完坐在木凳上，又开始变成不动的瓷人。

我烦扰着，街头的老人又回到我的心中；雪琦铅板样的心沉沉的挂在脸上。

“你把脏水倒进水池子去。”她向摆在木凳间的那瓷人说。

捧着水盆子，那个妇人紫色毛边鞋子还没有响出门去，雪琦的眼睛和偷人样转过来了：

“她是不是不行？那么快让她走吧！”

孩子被丢在床上，他哭叫，她到隔壁借三角钱给老妈子的工钱。

那紫色的毛边鞋慢慢移着，她打了盆净水放在盆架间，过来招呼孩子。孩子惧怕这瓷人，他更哭。我缝着衣服，不知什么一种不安传染了我的心。

忽然老妈子停下来，那是雪琦把三角钱的票子示到面前的时候。她拿到三角钱走了。她回到妇女们最伤心的家庭去，仍去寻她恶毒的生活。

毛边帽子，毛边鞋子，来了又走了。

雪琦仍然自己抱着孩子。

“你若不来，我怎能去找她来呢！”她瞒怨我。

我们深深呼吸了一下，好像刚从暗室走出。屋子渐渐没有阳光了，我回家了，带着我的包袱，包袱中好像裹着一群麻烦的想头——妇女们有可厌的丈夫，可厌的孩子。冬天追赶着老叫化子使他绝望。

在家门口，仍是那条栏杆，仍是那块石道，老人向天跪着，黄昏了，给他的绝望甚于死。

我经过他，我总不能听清他祈祷的文句，但我知道他在祈祷的，不是我给他的那些报纸！也不是半角钱的票子，是要从死的边沿上把他拔回来。

然而让我怎样做呢？他向天跪着，他向天祈祷。……

一九三三，十二，八

# 皮　球

看到了乡巴老坐洋车忽然想起一个童年的故事。

当我还是小孩的时候，祖母常常进街。我们并不住在城外，只是离市镇较偏的地方罢了！有一天，祖母她又要进街，命令我：

“叫你妈妈把斗风给我拿来！”

那时因为我过于娇惯，把舌头故意缩短一些，叫斗篷作斗风，所以祖母学着我，把风字拖得很长。

她知道我最爱惜皮球，每次进街的时候，她问我：

“你要些什么呢？”

“我要皮球。”

“你要多大的呢？”

“我要这样大的。”

我赶快把手臂拱向两面，好像张着的，鹰的翅膀。大家都笑了！祖父轻动着嘴唇好像要骂我一些什么话，因我的小小的姿式感动了他。

祖母的斗风消失在高烟囱的背后。

等她回来的时候，什么皮球也没带给我，可是我也不追问一声：

“我的皮球呢？”

因为每次她也不带给我；下次祖母再上街的时候，我仍说是要皮球，我是说惯了！我是熟练而惯于作那种姿式。

祖母上街尽是坐马车回来。今天却不是，她睡在仿佛是小槽子里，大概是槽子装置了两个大车轮。非常轻快，雁似的从大门口飞来，一直到房门。在前面挽着的那个人，把祖母停下，我站在玻璃窗里，小小的心灵上，有无限的奇秘冲击着。我以为祖母不会从那里头走出来，我想祖母为什么要被装进槽子里呢？我渐渐惊怕起来，我完全成个呆气的孩子，把头盖顶住玻璃，想尽方法理解我所不能理解的那个从来没有见过的槽子。

很快我领会了！看见祖母从口袋里拿钱给那个人，并且祖母非常兴奋，她说叫着，斗风几乎从她的肩上脱溜下去！

“呵！今天我坐的是东洋驴子回来的，那是过于安稳呀！还是头一次呢，我坐过安稳的车子！”

祖父在街上也看见过人们所呼叫的东洋驴子，妈妈也没有奇怪。只是我，仍旧头皮顶撞在玻璃镜那儿。我眼看那个驴子从门口飘飘的不见了！我的心魂被引了去。

等我离开窗子，祖母的斗风已是脱在炕的中央，她嘴里叨叨的讲着她街上所见的新闻，可是我没有留心听，就是给我吃什么糖果之类，我也不会留心吃，只是那样的车子太吸引我了！太捉住我小小的心灵了！

夜晚在灯光里，我们的邻居，刘三奶奶摇闪着走来，我知道又是找祖母来谈天的。所以我稳当当地占了一个位置在桌边。于是我咬起嘴唇来，仿佛大人样能了解一切话语。祖母又讲关于街上所见的新闻，我用心听，我十分费力！

“……那是可笑，真好笑呢！一切人站下瞧，可是那个乡下老还不知道笑自己。拉车的回头才知道乡巴老是蹲在车子前面，放脚的地方，拉车地问：

‘你为什么蹲在这地方？’

他说怕拉车的过于吃力，蹲着不是比坐着强吗？比坐在那里不是轻吗？所以没敢坐下……”

邻居的三奶奶，笑得几个残齿完全摆在外面。我也笑了！祖母还说，她感到这个乡巴老难以形容，她的态度，她用所有的一切字眼，都是引人发笑。

“后来那个乡巴老，你说怎么样！他从车上跳下来，拉车的问他为什么跳？他说：‘若是蹲着吗，那还行。坐着，我实在没有那样的钱。’拉车的说：‘坐着我不多要钱。’那个乡巴老到底不信这话，从车上搬下他的零碎东西，走了。他

走了！”

我听得懂，我觉得费力，我问祖母：

“你说的，那是什么驴子？”

她不懂我的半句话，拍了我的头一下，当时我真是不能记住那样繁复的名词。

过了几天祖母又上街，又是坐驴子回来的，我的心里渐渐羡慕那驴子，也想要坐驴子。

过了两年！六岁了！我的聪明，也许是我的年岁吧！支持着使我愈见讨厌我那个皮球，那真是太小，而又太旧了！我不能喜欢黑脸皮球，我爱上邻家孩子手里那个大的，买皮球，好像我的志愿，一天比一天坚决起来。

向祖母说，她答：“过几天买吧！你先玩这个吧！”

又向祖父请求，他答：“这个还不是很好吗？不是没有出气吗？”

我得知他们的意思是说旧皮球还没有破，不能买新的。于是把皮球在脚下用力捣毁它，任是怎样捣毁，皮球仍是很圆，很鼓，后来到祖父面前让他替我踏破！祖父变了脸色，像是要打我，我跑开了！

从此我每天表示不满意的样子。

终于一天晴朗的夏日，戴起小草帽来，自己出街去买皮球了！朝向母亲曾领我到过的那家铺子走去，离家不远的时候，我的心志非常光明，能够分辨方向，我知道自己是向北走，过了一会，不然了！太阳我也找不着了！一些些的招牌，依我看来都是一个样，街上的行人好像每个要撞倒我似的就连马车也好像是旋转着走。我不晓得自己走了多远，但我实在疲劳。不能再寻找那家商店；我急切地想回家，可是家也被寻觅不到。我是从哪一条路来的？究竟家是在什么方向？

我忘记一切危险，在街心停住，我没有哭，把头向天，愿看见太阳。因为平常爸爸不是拿指南针看看太阳就知道或南或北吗？我既然看了！只见太阳在街路中央，别的什么都不能知道，我无心留意街道，跌倒了在阴沟板上面。

“小孩！小心点！”

身边的马车夫驱着车子过去，我想问他我的家在什么地方，他走过了！我昏沉极了！忙问一个路旁的人。

“你知道我的家吗？”

他好像知道我是被丢的孩子，或许那时候我的脸上有什么急慌的神色，那人跑向路的那边去。把车子拉过来，我知道他是洋车夫，他和我开玩笑一般。

“走吧！坐车回家吧！”

我坐上了车，他问我，总是玩笑一般地：

“小姑娘！家在哪里呀？”

我说：“我们离南河沿不远，我也不知道那面是南，反正我们南边有河。”

走了一会，我的心渐渐平稳，好像被动荡的一盆水，渐渐静止下来，可是不多一会，我忽然忧愁了！抱怨自己皮球仍是没有买成！从皮球联想到祖母骗我给买皮球的故事，很快又联想到祖母讲的关于乡巴老坐东洋驴子的故事。于是我想试一试，怎样可以像个乡巴老。该怎样蹲法呢？轻轻地从座位滑下来，当我还没有蹲稳当的时节，拉车的回头来：

“你要做什么呀！”

我说：“我要蹲一蹲试试，你答应我蹲吗？”

他看我已经偎在车前放脚的那个地方，于是他向我深深地做了一个鬼脸，嘴里哼着：

“倒好哩！你这样孩子，很会淘气！”

车子跑得不很快，我忘记街上有没有人笑我。车跑到红色的大门楼，我知道到家了！我应该起来呀！应该下车呀！不，目的想给祖母一个意外的发笑，等车拉到院心，我仍蹲在那里，像耍猴人的猴样，一动不动。祖母笑着跑出来了！祖父也是笑！我怕他们不晓得我的意义，我用尖音喊：

“看我！乡巴老蹲东洋驴子！乡巴老蹲东洋驴子呀！”

只有妈妈大声骂着我，忽然我怕她要打我，我是偷着上街。

洋车忽然放停，从上面我倒滚下来，不记得被跌伤没有。祖父猛力打了拉车的，说他欺侮小孩，说他不让小孩坐车让蹲在那里。没有给他钱，从院子把他轰出去。

所以后来，无论祖父对我怎样疼爱，心里总是生着隔膜，我不同意他打洋车夫，我问：

“你为什么打他呢？那是我自己愿意蹲着。”

祖父把眼睛斜视一下：“有钱的孩子是不受什么气的。”

我的祖父死去多年了！在这样的年代中我没发见一个有钱的人蹲在洋车上，他有钱他不怕车夫吃力，他自己没拉过车，自己所尝到的，只是被拉着舒服滋味。假若偶尔有钱家的小孩子要蹲在车厢中玩一玩，那么孩子的祖父出来，拉洋车的便要被打。

一九三四，三，十六

# 镀金的学说

我的伯伯，他是我童年唯一崇拜的人物。他说起话来有洪亮的声音，并且他什么时候讲话总关于正理，至少那个时候我觉得他的话是严肃的，有条理的，千真万对的。

那年我十五岁，是秋天，无数张叶子落了，回旋在墙根了！我经过北门旁在寒风里号叫着的老榆树，那榆树的叶子也向我打来。司是我抖擞着跑进屋去，我是参加一个邻居姐姐出嫁的筵席回来。一边脱换我的新衣裳，一边同母亲说，那好像同母亲吵嚷一般：“妈，真的没有见过，婆家说新娘笨，也有人当面来羞辱新娘，说她站着的姿式不对，坐着的姿式不好看，林姐姐一声也不作。假若是我呀！哼！……”

母亲说了几句同情的话，就在这样的当儿，我听清伯父在呼唤我的名字。他的声音是那样低沉，平素我是爱伯父的，可是也怕他，于是我心在小胸膛里边惊跳着走出外房去。我的两手下垂，就连视线也不敢放过去。

“你在那里讲究些什么话？很有趣哩！讲给我听听。”伯伯说话的时候，他的眼睛流动着笑着，我知道他没有生气，并且我想他很愿意听我讲话。我就高声把那事又说了一遍，我且说且做出种种姿式来。等我说完的时候，我仍欢喜，说完了我把说话时跳打着的手足停下，静等着伯伯夸奖我呢！可是过了很多工夫，伯伯在桌子旁仍写他的文字。对于我好像没有反应，再等一会他对于我的讲话也绝对没有回响。至于我呢，我的小心房立刻感到压迫，我想我的错在什么地方。话讲的是很流利呀！讲话的速度也算是活泼呀！伯伯好像一块朽木塞住我的咽喉，我愿意快躲开他到别的房中去长叹一口气。

伯伯把笔放下了，声音也跟着来了：“你不说假若是你吗？是你又怎么样？你比别人更糟糕，下回少说这一类话！小孩子学着夸大话，浅薄透了！假若是你，你比别人更糟糕，你想你总要比别人高一倍吗？再不要夸口，夸口是最可耻，最没出息。”

我走进母亲的房里时，坐在炕沿我弄着发辫，默不作声，脸部感到很烧很烧。以后我再不夸口了！

伯父又常常讲一些关于女人的服装的意见，他说穿衣服素色最好，不要涂粉，抹胭脂，要保持本来的面目。我常常是保持本来的面目，不涂粉不抹胭脂，也从没穿过花色的衣裳。

后来我渐渐对于古文有趣味，伯父给我讲古文，记得讲到《吊古战场文》那篇，伯父被感动得有些声咽，我到后来竟哭了！从那时起我深深感到战争的痛苦与残忍。大概那时我才十四岁。

又过一年，我从小学卒业就要上中学的时候，我的父亲把脸沉下了！他终天把脸沉下。等我问他的时候，他瞪一瞪眼睛，在地板上走转两圈，必须要过半分钟才能给一个答话："上什么中学？上中学在家上吧！"

父亲在我眼里变成一只没有一点热气的鱼类，或者别的不具着情感的动物。

半年的工夫，母亲同我吵嘴，父亲骂我："你懒死啦！不要脸的。"当时我过于气愤了，实在受不住这样一架机器压轧了。我问他："什么叫不要脸呢？谁不要脸！"听了这话立刻像火山一样暴烈起来。当时我没能看出他头上有火冒出没？父亲满头的发丝一定被我烧焦了吧！那时我是在他的手掌下倒了下来，等我爬起来时，我也没有哭。可是父亲从那时起他感到父亲的尊严是受了一大挫折，也从那时起每天想要恢复他的父权。他想做父亲的更该尊严些，或者加倍的尊严着才能压住子女吧？

可真加倍尊严起来了。每逢他从街上回来，都是黄昏时候，父亲一走到花墙的地方便从喉管做出响动，咳嗽几声啦！或是吐一口痰啦！后来渐渐我听他只是咳嗽而不吐痰，我想父亲一定会感着痰不够用了呢！我想做父亲的为什么必须尊严呢？或者因为做父亲的肚子太清洁？！把肚子里所有的痰都全部呕出来了？

一天天睡在炕上，慢慢我病着了！我什么心思也没有了！一班同学不升学的只有两三个，升学的同学给我来信告诉我，她们怎样打网球，学校怎样热闹，也说些我所不懂的功课。我愈读这样的信，病愈加重一点。

老祖父支住拐杖，仰着头，白色的胡子振动着说："叫樱花上学去吧！给她拿火车费，叫她收拾收拾起身吧！小心病坏了！"

父亲说："有病在家养病吧，上什么学，上学！"

后来连祖父也不敢向他问了，因为后来不管亲戚朋友，提到我上学的事他都是连话不答，出走在院中。

整整死闷在家中三个季节，现在是正月了。家中大会宾客，外祖母啜着汤食向我说："樱花，你怎么不吃什么呢？"

当时我好像要流出眼泪来，在桌旁的枕上，我又倒下了！

因为伯父外出半年是新回来，所以外祖母向伯父说："他伯伯，向樱花爸爸说一声，孩子病坏了，叫她上学去吧！"

伯父最爱我，我五六岁时他常常来我家，他从北边的乡村带回来榛子。冬天他穿皮大氅，从袖口把手伸给我，那冰寒的手呀！当他拉住我的手的时候，我害怕挣脱着跑了，可是我知道一定有榛子给我带来，我秃着头两手捏耳朵，在院子里我向每个货车夫问：“有榛子没有？有榛子没有？”

伯父把我裹在大氅里，抱着我进去，他说：“等一等给你榛子。”

我渐渐长大起来，伯父仍是爱我的，讲故事给我听。买小书给我看。等我入高级，他开始给我讲古文了！有时族中的哥哥弟弟们都唤来，也讲给他们听。可是书讲完他们临去的时候，伯父总是说：“别看你们是男孩子，樱花比你们全强，真聪明。”

他们自然不愿意听了，一个一个退走出去。不在伯父面前他们齐声说：“你好呵！你有多么聪明！比我们这一群混蛋强得多。”

男孩子说话总是有点野，不愿听，便离开他们了。谁想男孩子们会这样放肆呢？他们扯住我，要打我：“你聪明，能当个什么用？我们有气力，要收拾你。”“什么狗屁聪明，来，我们大家伙看看你的聪明到底在那里！”

伯父当着什么人都夸奖我：“好记力，心机灵快。”

现在一讲到我上学的事，伯父微笑了：“不用上学，家里请个老先生念念书就够了！哈尔滨的女学生们太荒唐。”

外祖母说：“孩子在家里教养好，到学堂也没有什么坏处。”

于是伯父斟了一杯酒，夹了一片香肠放到嘴里，那时我多么不愿看他吃香肠呵！那一刻我是怎样恼烦着他？我讨厌他喝酒用的杯子，我讨厌他上唇生着的小黑髭，也许伯父没有观察我一下，他又说：“女学生们靠不住，交男朋友啦！恋爱啦！我看不惯这些。”

从那时起伯父同父亲是没有什么区别，变成严凉的石块。

当年，我升学了，那不是什么人帮助我，是我自己向家庭施行的骗术。后一年暑假，我从外埠回家，我和伯父的中间，总感到一种淡漠的情绪，伯父对我似乎是客气了，似乎是有什么从中间隔离着了！

一天伯父上街去买鱼，可是他回来的时候，筐子是空空的。母亲问：

“怎么！没有鱼吗？”

“哼！没有。”

母亲又问：“鱼贵吗？”

“不贵。”

伯父走进堂屋，坐在那里好像幻想着一般，后门外树上满挂着绿的叶子，伯父望着那些无知的叶子幻想，最后他小声唱起，像是有什么悲哀蒙蔽着他了！看他的脸色完全可怜起来。他的眼睛是那样忧烦地望着桌面，母亲说：

“哥哥头痛吗？”

伯父似乎不愿回答，摇着头，他走进屋倒在床上，很长时间，他翻转着，扇子他不用来摇风，在他手里乱响。他的手在胸膛上拍着，气闷着。再过一会，他完全安静下去，扇子任意丢在地板，苍蝇落在脸上，也不去搔它。

晚饭桌上，伯父多喝了几杯酒，红着颜面向祖父说："菜市上看见王大姐了呢！"

王大姐，我们叫他王大姑。常听母亲说："王大姐没有妈，爹爹为了贫穷去为匪，只留这个可怜的孩子住在我们家里。"伯父很多情呢！伯父也会恋爱呢，伯父的屋子和我姑姑们的屋子挨着，那时我的三个姑姑全没出嫁。

一夜，王大姑没有回内房去睡，伯父伴着她哩！

祖父不知这件事，他说："怎么不叫她来家呢？"

"她不来，看样子是很忙。"

"呵！从出了门子总没见过，二十多年了！……二十多年了！"

祖父捻着斑白的胡子，他感到自己是老了！

伯父也感叹着："嗳！一转眼，老了！不是姑娘时候的王大姐了！头发白了一半。"

伯父的感叹和祖父完全不同，伯父是痛惜着他破碎的青春的故事。又想一想，他婉转着说，说时他神秘的有点微笑：

"我经过菜市，一个老太太回头看我，我走过，她仍旧看我。停在她身后，我想一想，是谁呢？过会我说：‘是王大姐吗？’她转过身来，我问她：‘在本街住吧？’她垂下头，我看见她的门牙脱落了两个。她说：‘在本街住。’我叫她回来看看，她说她很忙，要回去烧饭，随后她走了，什么话也没说，提着空筐子走了！”

夜间，全家人都睡了，我偶然到伯父屋里去找一本书，因为对他，我连一点信仰也失去了，所以无言走出。

伯父愿意和我谈话似的：“没睡吗？”

“没有。”

隔着一道玻璃门，我见他无聊的样子翻着书和报，枕旁一支蜡烛，火光在起伏。伯父今天似乎是例外，同我讲了好些话，关于报纸上的，又关于什么年鉴上的。他看见我手里拿着一本花面的小书，他问：“什么书？”

“小说。”

我不知道他的话是从什么地方说起：“言情小说，《西厢》是妙绝，《红楼梦》也好。”

那夜伯父奇怪地向我笑，微微的笑，把视线斜着看住我。我忽然想起白天所讲的王大姑来了，于是给伯父倒一杯茶，我走出房来，让他伴着茶香来慢慢地回味着记忆中的姑娘吧！

我与伯伯的学说渐渐悬殊，因此感情也渐渐恶劣，我想什么给感情分开的呢？我需要恋爱，伯父也需要恋爱。伯父见着他年轻时候的情人痛苦，假若是我也是一样。

那么他与我有什么不同呢？不过伯伯相信的是镀金的学说。

# 祖父死了的时候

祖父总是有点变样子，他喜欢流起眼泪来，同时过去很重要的事情他也忘掉。比方过去那一些他常讲的故事，现在讲起来，讲了一半，下一半他就说：“我记不得了。”

某夜，他又病了一次，经过这一次病，他竟说：

“给你三姑写信，叫她来一趟，我不是四五年没看过她吗？”他叫我写信给我已经死去五年的姑母。

那次离家是很痛苦的。学校来了开学通知信，祖父又一天一天的变样起来。

祖父睡着的时候，我就躺在他的旁边哭，好像祖父已经离开我死去似的，一面哭着一面抬头看他凹陷的嘴唇。

我若死掉祖父，就死掉我一生最重要的一个人，好像他死了就把人间一切“爱”和“温暖”带得空空虚虚。我的心被丝线扎住或是被铁丝绞住了。

我联想到母亲死的时候。母亲死以后，父亲怎样打我，又娶一个新母亲来。这个母亲很客气，不打我，就是骂，也是指着桌子或椅子来骂我。客气是越客气了，但是冷淡了，疏远了，生人一样。

“到院子去玩玩吧！”祖父说了这话之后，在我的头上撞了一下，“喂！你看这是什么？”黄金色的桔子落到我的手中。

夜间不敢到茅厕去，我说：“妈妈同我到茅厕去趟吧。”

“我不去！”

“那我害怕呀！”

“怕什么？”

“怕什么？怕鬼怕神？”父亲也说话了，把眼睛从眼镜上面看着我。

冬天，祖父已经睡下，赤着脚，开着纽扣跟我到外面茅厕去。

学校开学，我迟到了四天。

三月里，我又回家一次。正在外面叫门，里面小弟弟嚷着：

“姐姐回来了！姐姐回来了！”

大门开时，我就远远注意着祖父住着的那间房子。果然祖父的面孔和胡子闪现在玻璃窗里。

我跳着笑着跑进屋去。但不是高兴，只是心酸，祖父的脸色更惨淡更白了。等屋子里一个人没有时，他流着泪，他慌慌忙忙的一边用袖口擦着眼泪，一边抖动着嘴唇：

“爷爷不行了，不知早晚……前些日子好险没跌……跌死。”

“怎么跌的？”

“就是在后屋，我想去解手，招呼人，也听不见，按电铃也没有人来，就得爬啦。还没到后门口，腿颤，心跳，眼前发花了一阵就倒下去。没跌断了腰……人老了，有什么用处！爷爷是八十一岁呢！”

“爷爷是八十一岁。”

“没用了，活了八十一岁还是在地上爬呢！我想想你看不着爷爷了，谁知没有跌死，我又慢慢爬到炕上。”

我走的那天也是和我回来那天一样，白色的脸的轮廓闪现在玻璃窗里。

在院心我回头看着祖父的面孔，走到大门口，在大门口我仍可看见，出了大门，就被门扇遮断。

从这一次祖父就与我永远隔绝了。虽然那次和祖父告别，并没说出一个永别的字。

我回来看祖父，这回门前吹着喇叭，幡杆挑得比房头更高，马车离家很远的时候，我已看到高高的白色幡杆了，吹鼓手们的喇叭怆凉的在悲号。马车停在喇叭声中，大门前的白幡，白对联，院心的灵棚，闹嚷嚷许多人，吹鼓手们响起呜呜的哀号。

这回祖父不坐在玻璃窗里，是睡在堂屋的板床上，没有灵魂地躺在那里。我要看一看他白色的胡子，可是怎样看呢！拿开他脸上蒙着的纸吧，胡子，眼睛和嘴，都不会动了，他真的一点感觉也没有了？

我从长长的袖管里去摸他的手，手也没有感觉了。祖父这回真死去了啊！

祖父装进棺材去的那天早晨，正是后园里玫瑰花开放满树的时候。

我扯着祖父的一张被角，抬向灵前去。吹鼓手在灵前吹着大喇叭。

我怕起来，我号叫起来。

“咣咣！”黑色的、半尺厚的灵柩盖子压上去。

吃饭的时候，我饮了酒，用祖父的酒杯饮的。饭后我跑到后园玫瑰树下去卧倒，园中飞着蜂子和蝴蝶，绿草的清凉的气味，这都和十年前一样。可是十年前死了妈妈。妈妈死后我仍是在园中捕蝴蝶；这回祖父死去，我却饮了酒。

过去的十年我是和父亲打斗着生活。在这期间我觉得人是残酷的东西。父亲对我是没有好面孔的，对于仆人也是没有好面孔的，他对于祖父也是没有好面孔的。

因为仆人是穷人，祖父是老人，我是个小孩子，所以我们这些完全没有保障的人就落到他的手里。后来我看到新娶来的母亲也落到他的手里，他喜欢她的时候，便同她说笑，他恼怒时便骂她，母亲渐渐也怕起父亲来。

母亲也不是穷人，也不是老人，也不是孩子，怎么也怕起父亲来呢？

我到邻家去看看，邻家的女人也是怕男人。我到舅家去，舅母也是怕舅父。

我懂得的尽是些偏僻的人生，我想世间死了祖父，就没有再同情我的人了，世间死了祖父，剩下的尽是些凶残的人。

我饮了酒，回想，幻想……

以后我必须不要家，到广大的人群中去，但我在玫瑰树下战栗了，人群中没有我的祖父。

所以我哭着，整个祖父死的时候我哭着。

# 三个无聊人

一个大胖胖，戴着圆眼镜。另一个很高，肩头很狭。第三个弹着小四弦琴，同时读着李后主的词：

“四十年来家国，三千里地山河……”读到一句的末尾，琴弦没有节调的，重复的响了一下，这样就算他把词句配上了音乐。

“嘘！”胖子把被角掀了一下，接着唱道：“杨延辉，坐宫院……”他的嗓子像破了似的。

第三个也在作声：

“《小品文和漫画》哪里去了？”总是这人比其他两个好，他愿意读杂志和其他刊物。

“唉！无聊！”每次当他读完一本的时候，他就用力向桌面摔去。

晚间，狭肩头的人去读“世界语”了，临出门时他的眼光很足，向着他的两个同伴说：

“你们这是干什么！没有纪律，一天哭哭叫叫的。”

“唉！无聊！”当他回来的时候，眼睛也无光了。

照例是这样，临出门时是兴奋的，回来时他就无聊了，和他的两个同伴同样没有纪律。从学“世界语”起，这狭肩头的人差不多每天念起“爱丝迫乱多”，后来他渐渐骂起“爱丝迫乱多”来，这可不知因为什么？他们住得很好，铁丝颤条床，淡蓝色的墙壁涂着金花，两只四十烛光灯泡，窗外有法国梧桐，楼下是外国菜馆，并且铁盒子里不断地放着饼干，还有罐头鱼。

“咳！真无聊！”高个狭肩头的说。

于是胖同伴提议去到法国公园，园中有流汗的园丁，园门口有流汗的洋车夫。巧得很，一个没有手脚的乞丐，滚叫在去公园的道旁被他们遇见。

“老黑，你还没起来吗？真够享福了。”狭肩头的人从公园回来，要把他的第三个同伴拖下来；“真够受的，你还在梦中……”

“不要闹，不要闹，我还困呢！”

“起来吧！去看看那滚号在公园门前的人你就不困啦！”

那睡在床上的，没有相信他的话，并没起来。

狭肩头的人，愤愤懑懑地，整整一个早晨，他没说无聊，这是他看了一个无手无足的乞丐的结果。也许他看到这无手无足的东西就有聊了！

十二点钟要去午餐，这愤懑的人没有去。

“太浪费了，吃些面包不能过吗？”他去买面包，自己坐在房中吃。

“买一盒沙丁鱼来拌着吃吧！”他又出去买沙丁鱼。

等晚上有朋友来，他就告诉他无钱的朋友：

“你们真是不会俭省，买面包吃多么好！”

他的朋友吃了两天面包，把胃口吃得很酸。

狭肩头人，又无聊了，因为他好几天没有看到无手无足的人，或是什么特别惨状的人。

他常常到街上去走，只要看到卖桃的小孩在街上被巡捕打翻了筐子，他也够有聊几个钟头。慢慢他这个无聊的病非到街头去治不可，后来这卖桃的小孩一类的事竟治不了他。那么就必须看报了，报纸上说：烟台煤矿又烧死多少人，或是压死多少人。

“啊呀！真不得了，这真是惨目。”这样大事能使他三两天反复着说，他的无聊像一种病症似的，又被这大事治住个三两天。他不无聊，很有聊的样子读小说，读杂志。

“四十年来家国，三千里地山河……”老黑无聊的时候就唱这调子，他不愿意看什么惨事，他也不愿意听什么伟大的话，他每天不用理智，就用感情来生活着，好像个真诗人似的。四弦琴在他的手下，不成曲调的嗒啦啦嗒啦啦……

“嗒啦，嗒啦，啦嗒嗒……”胖同伴的木鞋在地板上拍，手臂在飞着……

“你们这是在干什么？”读杂志的人说。

“我们这是在无聊？”三个无聊人听到这话都笑了。

胖同伴，有书也读书，有理论也讲理论，有琴也弹琴，有人弹琴他就唱。但这在他都是无聊的事情，对于他实实在在有趣的，是“先施公司”：

“那些女人真可怜，有的连血色都没有了，可是还站在那里拉客……”他常常带着钱去可怜那些女人。

“最非人生活的就是这些女人，可是没有人知道更详细些。”他这态度是个学者的态度。说着他就搭电车，带着钱，热诚的去到那些女人身上去研究“社会科学”去了。

剩下的两个无聊！一个在看报，一个去到公园，拿着琴。去到公园的不知怎样？最大限度也不过“四十年来家国，三千里地山河……”

但是在看报的却发足火来，无论怎样看，报上也不过载着煤矿啦！或者是什么大河大川暴涨淹死多少人。电车轧死小孩，受经济压迫投黄浦自杀一类的。

无聊，无聊！

人间慢慢治不了他这个病了。

可惜没有比煤矿更惨的事。

六月十二日

# 初　冬

初冬，我走在清凉的街道上遇见了我的弟弟。

“莹姐，你走到哪里去？”

“随便走走吧！”

“我们去吃一杯咖啡，好不好？莹姐。”

咖啡店的窗子在帘幕下挂着苍白的霜层。我把领口脱着毛的外衣搭在衣架上。

我们开始搅着杯子铃啷的响了。

“天冷了吧！并且也太孤寂了，你还是回家的好。”弟弟的眼睛是深黑色的。

我摇了头，我说：

“你们学校的篮球队近来怎么样？还活跃吗？你还是很热心吗？”

“我掷筐掷得更进步，可惜你总也没到我们的球场上来了。你这样不畅快是不行的。”

我仍搅着杯子，也许漂流久了的心情，就和离了岸的海水一般，若非遇到大风是不会翻起的，我开始弄着手帕。弟弟再向我说什么我已不去听清他，仿佛自己是沉坠在深远的幻想的井里。

我不记得怎样咖啡被我吃干了杯了。茶匙在搅着空的杯子时，弟弟说：

“再来一杯吧！”

女侍者带着欢笑一般飞起的头发来到我们桌边。她又用很响亮的脚步摇摇地走了去。

也许是因为清早或是天寒，再没有人走进这咖啡店。在弟弟默默看着我的时候，在我的思想宁静得玻璃一般平的时候，壁间暖气管小小嘶鸣的声音都听得到了。

“天冷了，还是回家好，心情这样不畅快长久了是无益的。”

“怎么！”

“太坏的心情与你有什么好处呢？”

“为什么要说我的心情不好呢？”

我们又都搅着杯子。有外国人走进来，那响着嗓子的、嘴不住在说的女人，就坐在我们的近边，她离得我越近，我越嗅到她满衣的香气，那使我感到她离得我更辽远，也感到全人类离得我更辽远。也许她那安闲而幸福的态度与我一点连系也没有。

我们搅着杯子，杯子不能像起初搅得发响了，街车好像渐渐多了起来，闪在窗子上的人影迅速而且繁多了。隔着窗子可以听到喑哑的笑声和喑哑的踏在行人道上的鞋子的声音。

“莹姐，”弟弟的眼睛是深黑色的，“天冷了，再不能漂流下去，回家去吧！”等他说：“你的头发这样长了，怎么不到理发店去一次呢？”我不知为什么被他这话所激动了。

也许要熄灭的灯火在我心中复燃起来，热力和光明鼓荡着我：

“那样的家我是不想回去的。”

“那么漂流着，就这样漂流着？”弟弟的眼睛是深黑色的。他的杯子留在左手里边，另一只手在桌面上手心向上翻张了开来，要在空间摸索着什么似的。最后他是捉住他自己的领巾。我看着他在抖动的唇嘴：

“莹姐，我真担心你这个女浪人！”他的牙齿好像更白了些，更大些，而且有力了，而且充满热情了。为热情而波动，他的嘴唇是那样的退去了颜色。并且他的全人有些近乎狂人，然而是安静的，完全被热情侵占着的。

出了咖啡店，我们在结着薄碎的冰雪上面踏着脚。

初冬，朝晨的红日扑着我们的头发，这样的红光使我感到欣快和寂寞。弟弟不住地在手下摇着帽子，肩头耸起了又落下了，心脏也是高了又低了。

渺小的同情者和被同情者离开了市街。

停在一个荒败的枣树园的前面时，他突然把很厚的手伸给了我，这是在我们要告别了。

“我到学校去上课！”他脱开我的手向着和我相反的方向背转过去。可是走了几步又转回来：

“莹姐，我看你还是回家的好！”

“那样的家我是不能回去的，我不愿意受和我站在两极端父亲的豢养……”

“那么你要钱用么？”

“不要的。”

“那么你就这个样子吗？你瘦了！你快要生病了！你的衣服也太薄啊！”弟弟的眼睛是深黑色的，充满着祈祷和愿望。我们又握过手，分别方向走去。

太阳在我的脸面上闪闪耀耀，仍和未遇见弟弟以前一样，我穿着街头，我无目的地走。寒风，刺着喉头，时时要发作小小的咳嗽。

弟弟留给我的是深黑色的眼睛，这在我散漫与孤独的流荡人的心板上，怎能不微温了一个时刻？

一九三五年，初冬

# 访　问

这是寒带的、俄罗斯式的家屋：房身的一半是埋在地下，从外面看去，窗子几乎与地平线接近着。门厅是突出来的，和一个方形的亭子似的与房子接连着，门厅的外部，用毛草和麻布给它穿起了衣裳，就这样，门扇的边沿仍是挂着白色的霜雪。

只要你一踏进这家屋去，你立刻就会相信这是夏季，或者在你的感觉里面会出现一个比夏季更舒适的另外的一个季节，人在这家屋里边，只穿着单的衣裳，也还打开着领口，阳光在沙发上跳跃着，大火炉上，水壶的盖子为了水的滚煮的原故，克答克答的在响，窗台的花盆里生着绿色的毛绒草。总之，使人立刻就会放弃了对于冬季的怨恨和怕惧。

我来过这房屋三次，第一次我是来访我的朋友，可以说每次我都是来访我的朋友，在最末这一次我的来访是黄昏时候。在冬季的黄昏里，所有的房屋都呈现着灰白色，好像是出了林子的白兔，为了疲倦到处躺卧下来。

我察看了一下房号，在被遗留下来的太阳的微光里面那完全是模糊的，蓝色的牌子上面，并分辨不出写着什么字数。我察看着那突出来的门厅，然而每家的门厅都是一律。我虽然来过这房子两次，但那都是日里。我开始留心着窗口，我的朋友的窗口是摆着一盆浅绿色的毛绒草，于是我穿着这灰色天空下模糊的家屋而徘徊……

"唔！"门厅旁边嵌着的那块小玻璃，在我的记忆上恍了一下。我记得别的门厅是没有这块玻璃的。

我既认出了这个门厅，然而窗子里并没有灯光，我已经感到超过半数以上的失望！

"也许是睡觉了吧？可是这么早？"我打过门以后，并没有立刻走出人来，连回声也没有，只是狗在门里边叫着。

"可多？可多？"我听出来这是女房东的声音。谁？谁？自然她说的是俄语。

"请！请进来等一等……你的朋友，五点钟就回来的。"

方块糖，咖啡，还有她亲手制作的点心。她都拿出来陪着我吃。方块糖是从一个纸盒里面取出来的，她把手伸到纸盒的底边，一块一块攫了出来。

"唔，这是不很多，但是，吃……吃！"

起初她还时时去看那挂在墙上的手表。

“姑娘，请等一刻，五点钟，你的朋友是回来的，最多也不过六点钟……”

渐渐她把我看成完全是来访她的。她开始读一段书给我听，读得很长，并且使我完全不懂。

“明白了吗？姑娘……”

“不，不十分明白。”

“呵哈！”她摇一下那翠蓝色的大耳环，留恋和羡慕使她灰色的嘴唇不能够平顺的播送着每个字的尾音。

“明白吗？姑娘，多么出色的故事！多么……我见过真的这样的恋爱，真的，我也有过这样的恋爱。明白一点吗？还是全明白了？”

“不，我一点也不明白。”

但是她并不停下来给我解释，那摊在她膝头上的快要摊散的旧书，她用十个手指在把持着它。

“唔！吃茶吧！”大概她已经读到了段落。把书放在桌子上，用一块糖在分着书页的界线。

“咖啡，我是只预备这一点点，我来到中国，就从来没多预备过……可是我会绣花边了，从前我是连知道也不知道，现在我绣得很好了。你愿意看一看吗？我有各种各样的花边……俄罗斯的花边和俄罗斯的跳舞一样漂亮……有名的，是，全世界是知道的……”

我始终看成她是犹太人，她的头发虽然卷曲而是黑色，只有犹太人是这样的头发；同时她的大耳环也和犹太人的耳环一样，大而且沉重。

“不，姑娘，要看不要看呢？我想还是看一看的好……”她紧一紧那挂着穗子的披肩，想要站起来，但是椅背上像有什么东西牵着她的披肩。

“这是什么……这是……”那张椅子的靠背有许多弯弯曲曲的铁丝爬行着，并且在她摘取着挂在铁丝上的披肩时，那椅子吱吱的响起，好像要碎下来。

“姑娘，这花边吗！花边，花边……高贵的家庭需要花边的地方很多，比方……被套，女睡衣，窗帘，考究一点的主妇连饭巾也是钉起花边来的。多多的，用的地方多多的，赶快学一学吧！”

于是看到她的花边，但是一点也不出色，那上面已经染着灰尘，有的像是用水洗过，但是也没有洗净的样子，仿佛是些生着斑点的树叶连结了起来的。

“姑娘，学起来很快，你看我这盘机器，你会用机器吧！只要一个月，只要一个月……学费是三块钱……”

狗在床上跳来跳去，床已经显着颤动和发响。这狗时时会打断我们的谈话，它从床上跳到桌子上，又从桌子跳到窗台上去。这房间一切家具隔着过小的距离，床和窗子的距离中间摆着一张方桌——就是我们坐着喝茶的方桌——再就是大炉台，再就是脚下的痰盂。

"喝茶吧！这茶是不很好，我是到中国从来没预备过好茶。那么，吃饼干……"她把那盛饼干破了边沿的盘子向我这边推了推，于是她把眼睛几乎是合起来问着我："你不喜欢？你不喜欢吃这东西？"

我一边看着她那善于表情的样子，一边伸手去取茶杯，于是发见桌子上面只摆着一个杯子，我用眼满屋里寻找，但也没有第二只杯子。

我已经感到了疲倦，我想另一天再来访我的朋友，我站起来时，小狗扯住了我衣裳的襟角。

"看吧！姑娘，这狗最欢迎客人……再坐一坐，等一等，你的朋友大概就要回来的……我把火炉加一点木片……你看，我和狗一道生活着，也实在闷了，它直是跳着使我爱它，有时也使我厌烦它，但是它不会说话……虽然我发怒的时候它怕我，但它不知道我灵魂的颜色……"她打开了炉门，炉火在她的耳环上面拥抱，火光抖动着的热力好像增强了她黑色的头发的卷曲。她的胳臂在动作的时候，那披肩的一个角部要从肩上流了下来，小狗在萦卷她那金黄色披肩的穗头。

她说那是"非洲狗"，看起来简直和袋鼠一样，毛皮稀疏得和一条脱了鳞的鱼相似，但在火光里面，它已像增强了美丽，它活泼。它竖起来的和耗子一般的耳朵也透着明。

炉门闭起来了，灯光增添了它的强度。当她坐下来，把披肩整理好，又要谈下去的时候，小狗在窗台上撕扯着窗帘的角落……

她说到“宫廷”，说到“尼古拉”，她说到一些华贵的事物上去的时节，她的两臂都完全分张开，好像要在空中去环抱她所讲的一切。并且椅子也唧唧吱吱地响了起来。

“我吗！我此刻不算什么生活了，俄罗斯，我敢相信，俄罗斯的奴仆也没有像我这样过活的……贵人完全破坏得一点也不存在了……贵人完全被他们赶到中国和别的国去了……好生活，哪里还有好生活？俄罗斯的伟大消灭了……”这时候她拾了一块饼干伏在手掌上，她眼睛黑色的睫毛很快的闪合了一下，嘴唇好像波浪似的开始荡动：

“你见过吗？这叫饼干，这是什么饼干呢？狗也怕不想吃这东西……”

于是她把她手掌上的小硬块向着那袋鼠一样的狗掷了过去，果然在玻璃窗上发出一声相撞的响声，狗的牙齿开始和饼干接触着好像开始和什么骨类接触着似的。

“姑娘，你知道，这不是俄罗斯的狗，俄罗斯没有这样下贱的狗。从前我是养过的，只吃肉和汤，其余什么也不吃，面包也不吃……”

后来又谈到咖啡，又谈到跳舞……

她做着姿式，在颤抖的地板上她还打了几个旋风……

“俄罗斯的跳舞和俄罗斯的花边一样有名，是全世界顶有名的……”她坐了下来，好像刚刚她恢复了的青春又从她滑了去："可是关于花边，我要找几个学生，为的是生活，一点点的补助……你看，两个房子，我住在厨房里面，实在是小得可以……前几年我就教人做花边，可是慢慢少了下来……到现在简直没有人注意我……我来到中国十八年……不，十九年了，那年，我是二十二岁。刚结过婚……可是现在教花边了……是的……教花边了……。"

窗子的上角，一颗星从帘子的缝际透了进来，她去把帘子舒展了一次，她说：

"这不是俄罗斯的星光，请不要照我……"她摇着头，她的大耳环在她很细的颈部荡了几下，于是她伸出去那青白的手把那颗星光遮掩了起来。

我走出这俄罗斯式的家屋的时候，那黑色的非洲狗向我叫了几声。

"姑娘！花边……有什么人要学花边，请介绍一下……"

我想起了，我的朋友说过，她的房东是旧俄时代一个将军的女儿。

于是我们说着再见。我向街道走去，她却关了门。隔着门，我听她大声唤着：

"格宾克！格宾克！"这大概是那非洲狗的名字。

一九三六，一，七日

# 黑 夜

也许是快近天明了吧！我第一次醒来。街车稀疏的从远处响起，一直到那声音雷鸣一般地震撼着这房子，直到那声音又远远的消灭下去，我都听到的。但感到生疏和广大，我就像睡在马路上一样，孤独并且无所凭据。

睡在我旁边的是我所不认识的人，那鼾声对于我简直是厌恶和隔膜。我对她并不存着一点感激，也像憎恶我所憎恶的人一样憎恶她。虽然在深夜里她给我一个住处，虽然从马路上把我招引到她的家里。

那夜寒风逼着我非常严厉，眼泪差不多和哭着一般流下，用手套抹着，揩着，在我敲打姨母家的门的时候，手套几乎是结了冰，在门扇上起着小小的黏结。我一面敲打一面叫着：

“姨母！姨母……”

她家的人完全睡下了，狗在院子里面叫了几声。我只好背转来走去。脚在下面感到有针在刺着似的痛楚。我是怎样的去羡慕那些临街的我所经过的楼房，对着每个窗子我起着愤恨。那里面一定是温暖和快乐，并且那里面一定设置着很好的眠床。一想到眠床，我就想到了我家乡那边的马房，挂在马房里面不也很安逸吗！甚至于我想到了狗睡觉的地方，那一定有茅草。坐在茅草上面可以使我的脚温暖。

积雪在脚下面呼叫："吱……吱……吱……"我的眼毛感到了纠绞，积雪随着风在我的腿部扫打。当我经过那些平日认为可怜的下等妓馆的门前时，我觉得她们也比我幸福。

我快走，慌张地走，我忘记了我的背脊怎样的弓起，肩头怎样的耸高。

"小姐！坐车吧！"经过繁华一点的街道，洋车夫们向我说着。

都记不得了，那等在路旁的马车的车夫们也许和我开着玩笑。

"喂……喂……冻得活像个他妈的……小鸡样……"

但我只看见马的蹄子在石路上面蹀打。

我完全感到充血是我走上了我熟人的扶梯，我摸索，我寻找电灯，往往一件事情越接近着终点越容易着急和不能忍耐。升到最高级了，几乎从顶上滑了下来。

感到自己的力量完全用尽了！再多走半里路也好像是不

可能，并且这种寒冷我再不能忍耐，并且脚冻得麻木了，它一定需要休息下来，无论如何它需要一点暖气，无论如何不应该再让它去接触着霜雪。

去按电铃，电铃不响了，但是门扇欠了一个缝，用手一触时，它自己开了。一点声音也没有，大概人们都睡了。我停在内间的玻璃门外，我招呼那熟人的名字，终没有回答！我还看到墙上那张没有框子的画片。分明房里在开着电灯。再招呼了几声，但是什么也没有……

“喔……”门扇用铁丝绞了起来，街灯就闪耀在窗子的外面。我踏着过道里搬了家余留下来的碎纸的声音，同时在空屋里我听到了自己苍白的叹息。

“浆汁还热吗？”在一排长街转角的地方，那里还张着卖浆汁的白色的布棚。我坐在小凳上，在集合着铜板……

等我第一次醒来时，只感到我的呼吸里面充满着鱼的气味。

“街上吃东西，那是不行的。您吃吃这鱼看吧，这是黄花鱼，用油炸的……”她的颜面和干了的海藻一样打着波绉。

“小金铃子，你个小死鬼，你给我滚出来……快……”我跟着她的声音才发现墙角蹲着个孩子。

“喝浆汁，要喝热的，我也是爱喝浆汁……哼！不然，你就遇不到我了，那是老主顾，我差不多每夜要喝……偏偏金铃子昨晚上不在家，不然的话，每晚都是金铃子去买浆汁。”

“小死金铃子，你失了魂啦！还等我孝敬你吗？还不自己来装饭！”

那孩子好像猫一样来到桌子旁边。

“还见过吗？这丫头十三岁啦，你看这头发吧！活像个多毛兽！”她在那孩子的头上用筷子打了一下，于是又举起她的酒杯来。她的两只袖口都一起往外脱着棉花。

晚饭她也是喝酒，一直喝到坐着就要睡去了的样子。

我整天没有吃东西，昏沉沉和软弱，我的知觉似乎一半存在着，一半失掉了。在夜里，我听到了女孩的尖叫。

“怎么，你叫什么？”我问。

“不，妈呀！”她惶惑的哭着。

从打开着的房门，老妇人捧着雪球回来了。

“不，妈呀！”她赤着身子站到角落里去。

她把雪块完全打在孩子的身上。

“睡吧！我让你知道我的厉害！”她一面说着，孩子的腿部就流着水的条纹。

我究竟不知道这是为了什么。

第二天，我要走的时候，她向我说：

“你有衣裳吗？留给我一件……”

“你说的是什么衣裳？”

“我要去进当铺，我实在没有好当的了！”于是她翻着炕上的旧毯片和流着棉花的被子：“金铃子这丫头还不中用……

也无怪她，年纪还不到哩！五毛钱谁肯要她呢？要长样没有长样，要人才没是人才！花钱看样子吗？前些个年头可行，比方我年轻的时候，我常跟着我的姨姐到班子里去逛逛，一逛就能落几个……多多少少总能落几个……现在不行了！正经的班子不许你进，土窑子是什么油水也没有，老庄那懂得看样子的，花钱让他看样子，他就干了吗？就是凤凰也不行啊！落毛鸡就是不花钱谁又想看呢？”她突然用手指在那孩子的头上点了一下。“摆设，总得像个摆设的样子，看这穿戴……呸呸！”她的嘴和眼睛一致地歪动了一下。“再过两年我就好了，管她长得猫样狗样，可是她到底是中用了！”

她的颜面和一片干了的海蜇一样。我明白一点她所说的“中用”或“不中用”。

“套鞋可以吧？”我打量了我全身的衣裳，一件棉外衣，一件夹袍，一件单衫，一件短绒衣和绒裤，一双皮鞋，一双单袜。

“不用进当铺，把它卖掉，三块钱买的，五角钱总可以卖出。”

我弯下腰在地上寻找套鞋。

“哪里去了呢？”我开始划着一根火柴，屋子里黑暗下来，好像“夜”又要来临了。

“老鼠会把它拖走的吗？不会的吧？”我好像在反复着我的声音。可是她，一点也不来帮助我，无所感觉的一样。

我去扒着土炕，扒着碎毡片、碎棉花。但套鞋是不见了。

女孩坐在角落里面咳嗽着，那老妇人简直是暗哑了。

“我拿了你的鞋！你以为？那是金铃子干的事……”借着她抽烟时划着火柴的光亮，我看到她打着皱纹的鼻子的两旁挂下两条发亮的东西。

“昨天她把那套鞋就偷着卖了！她交给我钱的时候我才知道。半夜里我为什么打她？就是为着这桩事。我告诉她偷，是到外面去偷。看见过吗？回家来偷。我说我要用雪把她活埋……不中用的，男人不能看上她的，看那小毛辫子！活像个猪尾巴！”

她回转身去扯着孩子的头发，好像她在扯着什么没有知觉的东西似的。

“老的老，小的小……你看我这年纪，不用说是不中用的啦！”

两天没有见到太阳，在这屋里，我觉得狭窄和阴暗，好像和老鼠住在一起了。假如走出去，外面又是“夜”。但一点也不怕惧，走出去了！

我把单衫从身上褪了下来。我说：

“去当，去卖，都是不值钱的。”

这次我是用夏季里穿的通孔的鞋子去接触着雪地。

一九三五，二，五日

# 孤独的生活

蓝色的电灯，好像通夜也没有关，所以我醒来一次看看墙壁是发蓝的，再醒来一次，也是发蓝的。天明之前，我听到蚊虫在帐子外面嗡嗡嗡嗡的叫着，我想，我该起来了，蚊虫都吵得这样热闹了。

收拾了房间之后，想要作点什么事情。这点，日本与我们中国不同，街上虽然已经响着木履的声音，但家屋仍和睡着一般的安静。我拿起笔来，想要写点什么，在未写之前必得要先想，可是这一想，就把所想的忘了！

为什么这样静呢？我反倒对着这安静不安起来。

于是出去，在街上走走，这街也不和我们中国的一样，也是太静了，也好像正在睡觉似的。

于是又回到了房间，我仍要想我所想的；在席子上面走着，吃一根香烟，喝一杯冷水，觉得已经差不多了，坐下来吧！写吧！

刚刚坐下来，太阳又照满了我的桌子。又把桌子换了位置，放在墙角去，墙角又没有风，所以满头流汗了。

再站起来走走，觉得所要写的，越想越不应该写，好，再另计划别的。

好像疲乏了似的，就在席子上面躺下来，偏偏帘子上有一个蜂子飞来，怕它刺着我，起来把它打跑了。刚一躺下，树上又有一个蝉开头叫起。蝉叫倒也不算奇怪，但只一个，听来那声音就特别大，我把头从窗子伸出去，想看看，到底是在哪一棵树上？可是邻人拍手的声音，比蝉声更大，他们在笑了。我是在看蝉，他们一定以为我是在看他们。

于是穿起衣裳来，去吃中饭。经过华的门前，她们不在家，两双拖鞋摆在木箱上面。她们的女房东，向我说了一些什么，我一个字也不懂，大概也就是说她们不在家的意思。日本食堂之类，自己不敢去，怕人看成个阿墨林。所以去的是中国饭馆，一进门，那个戴白帽子的就说：

“伊拉瞎伊麻丝……”

这我倒懂得，就是“来啦”的意思。既然坐下之后，他仍说的是日本话。于是我跑到厨房去，对厨子说了：要吃什么，要吃什么。

回来又到华的门前看看，还没有回来，两双拖鞋仍摆在木箱上。她们的房东又不知向我说了些什么！

晚饭时候，我没有去找她们，出去买了东西回到家里来吃，照例买的面包和火腿。

吃了这些东西之后，着实是寂寞了。外面打着雷，天阴得混混沉沉的了。想要出去走走，又怕下雨，不然，又是比日里还要长的夜，又把我留在房间里了。终于拿了雨衣，走出去了，想要逛逛夜市，也怕下雨，还是去看华吧！一边带着失望一边向前走着，结果，她们仍是没有回来，仍是看到了两双拖鞋，仍是听到了那房东说了些我所不懂的话语。

假若，再有别的朋友或熟人，就是冒着雨，我也要去找他们，但实际是没有的。只好照着原路又走回来了。

现在是下着雨，桌子上面的书，除掉《水浒》之外，还有一本胡风译的《山灵》，《水浒》我连翻也不想翻，至于《山灵》，就是抱着我这一种心情来读，有意义的书也读坏了。

雨一停下来，穿着街灯的树叶好像萤火似的发光，过了一些时候，我再看树叶时，那就完全漆黑了。

雨又开始了，但我的周围仍是静的，关起了窗子，只听到屋瓦滴滴地响着。

我放下了帐子，打开蓝色的电灯，并不是准备睡觉，是准备看书了。

读完了《山灵》上《声》的那篇，雨不知道已经停了多久了？那已经哑了的权龙八，他对他自己的不幸，并不正面去惋惜，他正为着铲除这种不幸才来干这样的事情的。

已经哑了的丈夫，他的妻来接见他的时候，他只把手放在嘴唇前面摆来摆去，接着他的脸就红了，当他红脸的时候，我不晓得那是什么心情激动了他？还有，他在监房里读着速成国语读本的时候，他的伙伴都想要说：“你话都不会说，还学日文干什么！”

在他读的时候，他只是听到像是蒸气从喉咙漏出来的一样。恐怖立刻浸着了他，他慌忙地按了监房里的报知机，等他把人喊了来，他又不说什么，只是在嘴的前面摇着手。所以看守骂他：“为什么什么也不说呢？混蛋！”

医生说他是“声带破裂”，他才晓得自己一生也不会说话了。

我感到了蓝色灯光的不足，于是开了那只白灯泡，准备再把《山灵》读下去。我的四面虽然更静了，等到我把自己也忘掉了时，好像我的周围也动荡了起来。

天还未明，我又读了三篇。

一九三六，八，九，东京

# 欧罗巴旅馆

楼梯是那样长，好像让我顺着一条小道爬上天顶。其实只是三层楼，也实在无力了，手扶着楼栏，努力拔着两条颤颤地，不属于我似的腿，升上几步，手也开始和腿一般颤。

等我走进那个房间的时候，和受辱的孩子似的偎上床去，用袖口慢慢擦着脸。

他——郎华，我的情人，那时候他还是我的情人，他问我了：

“你哭了吗？”

“为什么哭呢？我擦的是汗呀，不是眼泪呀！”

不知是几分钟过后，我才发现这个房间是如此的白，棚顶是斜坡的棚顶，除了一张床，地下有一张桌子，一围藤椅。离开床沿用不到两步可以摸到桌子和椅子。开门时，那更方便，一张门扇躺在床上可以打开。住在这白色的小室，好像把我住在幔帐中一般。我口渴，我说：

“我应该喝一点水吧！”

他要为我倒水时，他非常着慌，两条眉毛好像要连接起来，在鼻子的上端扭动了好几下：

“怎样喝呢？用什么喝？”

桌子上除了一块洁白的桌布，干净得连灰尘都不存在。

我有点昏迷，躺在床上听他和茶房在过道说了些时，又听到门响，他来到床边，我想他一定举着杯子在床边，却不，他的手两面却分张着：

“用什么喝？可以吧？用脸盆来喝吧！”

他去拿藤椅上放着才带来的脸盆时，手巾下面刷牙缸被他发现，于是拿着刷牙缸走去。

旅馆的过道是那样寂静，我听他踏着地板来了。

正在喝着水，一只手指抵在白床单上，我用发颤的手指抚来抚去。他说：

“你躺下吧！太累了。”

我躺下也是用手指抚来抚去，床单有突起的花纹，并且白得有些闪我的眼睛，心想：不错的，自己正是没有床单。我心想的话他却说出了！

“我想我们是要睡空床板的，现在连枕头都有。”

说着，他拍打我枕在头下的枕头。

“咯咯——”有人打门，进来一个高大的俄国女茶房，身后又进来一个中国茶房：

“也租铺盖吗？”

“租的。”

“五角钱一天。”

“不租。”“不租。”我也说不租，郎华也说不租。

那女人动手去收拾：软枕，床单，就连桌布她也从桌子扯下去。床单夹在她的腋下。一切夹在她的腋下。一秒钟，这洁白的小室跟随她花色的包头巾一同消失去。

我虽然是腿颤，虽然肚子饿得那样空，我也要站起来，打开柳条箱去拿自己的被子。

小室被劫了一样，床上一张肿涨的草褥赤现在那里，破木桌一些黑点和白圈显露出来，大藤椅也好像跟着变了颜色。

晚饭以前，我们就在草褥上吻着抱着过的。

晚饭就在桌子上摆着黑“列巴”和白盐。

晚饭以后事件就开始了：

开门进来三四个人，黑衣裳，挂着枪，挂着刀。进来先拿住郎华的两臂，他正赤着胸膛在洗脸，两手还是湿着。他们那些人，把箱子弄开，翻扬了一阵：

“旅馆报告你带枪，没带吗？”那个挂刀的人问。随后那人在床下扒得了一个长纸卷，里面卷的是一支剑。他打开，抖着剑柄的红穗头：

“你哪里来的这个？”

停在门口那个去报告的俄国管事，挥着手，急得涨红了脸。

警察要带郎华到局子里去，他也预备跟他们去，嘴里不住说："为什么单独用这种方式检查我？妨害我？"

最后警察温和下来，他的两臂被放开，可是他忘记了穿衣裳，他湿水的手也干了。

原因日间那白俄来取房钱，一日两元，一月六十元。我们只有五元钱。马车钱来时去掉五角。那白俄说：

"你的房钱，给！"他好像知道我们没有钱似的，他好像是很着忙，怕是我们跑走一样。他拿到手中两元票子又说："六十元一月，明天给！"原来包租一月三十元，为了松花江涨水才有这样的房价。如此，他摇手瞪眼的说："你的明天搬走，你的明天走！"

郎华说："不走，不走——"

"不走不行，我是经理——"

郎华从床下取出剑来，指着白俄：

"你快给我走开，不然，我宰了你。"

他慌张着跑出去了，去报告警察所，说我们带着凶器，其实剑裹在纸里，那人以为是大枪，而不知是一支剑。

结果警察带剑走了，他说："日本宪兵若是发见你有剑，那你非吃亏不可，了不得的，说你是大刀会，我替你寄存一夜，明天你来取。"

警察走了以后，闭了灯，锁上门，街灯的光亮从小窗口跑下来，凄凄淡淡的，我们睡了。在睡中不住想：警察是中国人，倒比日本宪兵强得多啊！

天明了，是第二天，从朋友处被逐出来是第二天了。

# 雪　天

我直直是睡了一个整天，这使我不能再睡。小屋子渐渐从灰色变做黑色。

睡得背很痛，肩也很痛，并且也饿了。我下床开了灯，在床沿坐了坐，到椅子间坐了坐，扒一扒头发，揉擦两下眼睛，心中感到悠长和无底，好像把我放下一个煤洞去，并且没有灯笼，使我一个人走沉下去。屋子虽然小，在我觉得和一个荒凉的广场样，屋子的墙壁隔离着我，比天还远，那是说一切不和我发生关系；那是说我的肚子太空了！

一切街车街声在小窗外闹着。可是三层楼的过道非常寂静。每走过一个人，我留意他的脚步声，那是非常响亮的，硬底皮鞋踏过去，女人的高跟鞋更响亮而且焦急，有时成群的响声，男男女女穿踏着过道一阵。我听遍了过道上一切引诱我的声音，可是不用开门看，我知道郎华还没回来。

小窗那样高，囚犯住的屋子一般，我仰起头来，看见那一些纷飞的雪花从天空忙乱的跌落，有的也打在玻璃窗片上，即刻就消融了！变成水珠滚动爬行着，玻璃窗被它画成没有意义无组织的条纹。

我想：雪花为什么要翩飞呢？多么没有意义！忽然我又想：我不也是和雪花一般没有意义吗？坐在椅子里，两手空着，什么也不做；口张着，可是什么也不吃。我十分和一架完全停止了的机器相像。

过道一响，我的心就非常跳，那该不是郎华的脚步？一种穿软底鞋的声音，擦擦来近门口，我仿佛是跳起来，我心害怕着：他冻得可怜了吧？他没有带回面包来吧！

开门看时，茶房站在那里：

“包夜饭吗？”

“多少钱？”

“每份六角。包月十五元。”

“……”我一点都不迟疑摇着头，怕是他把饭送进来强迫叫我吃似的，怕他强迫向我要钱似的。茶房走出，门又严肃的关起来。一切别的房中的笑声，饭菜的香气都断绝了，就这样用一道门，我与人间隔离着。

一直到郎华回来，他的胶皮底鞋擦在门限我才止住幻想。茶房手上的托盘，肉饼，炸黄的番薯，切成大片有弹力的面包……

郎华的夹衣上那样湿了，已湿的裤管拖着泥。鞋底通了孔，使得袜子也湿了。

他上床暖一暖，脚伸在被子外面，我给他用一张破布擦着脚上冰凉的黑圈。

当他问我时，他和呆人一般直直的腰也不弯：

“饿了吧？”

我几乎是哭了，我说：“不饿。”为了低头，我的脸几乎接触到他冰凉的脚掌。

他的衣服完全湿透，所以我到马路旁去买馒头。就在光身的木桌上，刷牙缸冒着气，刷牙缸伴着我们把馒头吃完。馒头既然吃完，桌上的铜板也要被吃掉似的。他问我：

“够不够？”

我说：“够了。”我问他：“够不够？”

他也说：“够了。”

隔壁的手风琴唱起来，它唱的是生活的痛苦吗？手风琴凄凄凉凉地唱呀！

登上桌子，把小窗打开。这小窗是通过人间的孔道：楼顶，烟囱，飞着雪沉重而浓黑的天，路灯，警察，街车，小贩，乞丐，一切显现在这小孔道，繁繁忙忙的市街发着响。

隔壁的手风琴在我们耳里不存在了。

# 他去追求职业

他是一匹受冻受饿的犬呀！

在楼梯尽端，在过道长筒的那边，他着湿的帽子被墙角隔住，他着湿的鞋子踏过发光的地板，一个一个排着脚踵的印泥。

这还是清早，过道的光线还不充足。可是有的房间门上已经挂好“列巴圈”了！送牛奶的人，轻轻带着白色的、发热的瓶子排在房间的门外。这非常引诱我，好像我已嗅到“列巴圈”的麦香，好像那成串肥胖的圆形的点心已经挂在我的鼻头上。几天没有饱食，我是怎样的需要啊！胃口在胸膛里面收缩，没有钱买，让那“列巴圈”们白白在虐待我。

过道渐渐响动起来。他们呼唤着茶房，关门开门，倒脸水。外国女人清早便高声说笑。可是我的小室，没有光线，连灰尘都看不见飞扬，静得桌子在墙角欲睡了，藤椅在地板上伴着桌子睡；静得棚顶和天空一般高，一切离得我远远，一切都厌烦我。

下午，郎华还不回来，我到过道口站了好几次，外国女人红色的裙子，蓝色的裙子……一张张笑着的骄傲的红嘴，走下楼梯，她们的高跟鞋打得楼梯清脆发响。圆胖而生着大胡子的男人那样不相称地捉着长耳环黑脸的和小鸡一般瘦小的“基卜塞”女人上楼来。茶房在前面去给打开一个房间。长时间以后又上来一群外国孩子，他们嘴上剥着瓜子，多冰的鞋底在过道上擗擗啪啪的留下痕迹过去了。

看遍了这一些人，郎华总是不回来，我开始打旋子，经过每个房间，轻轻荡来踱去，别人已当我是个偷儿，或是讨乞的老婆，但我自己并不感觉。仍是带着我苍白的脸，退了色的蓝布宽大的单衫踱荡着。

忽然楼梯口跑上两个一般高的外国姑娘。

“啊呀！”指点着向我说，“你的……真好看！”

另一个样子像是为了我倒退了一步，并且那两个不住翻着衣襟给我看：

“你的……真好看！”

我没有理她们。心想：她们帽子上有水滴，不是又落雪？

跑回房间，看一看窗子究竟落雪不？郎华是穿着昨晚潮湿的衣裳走的。一开窗，雪花便满窗倒倾下来。

郎华回来，他的帽沿滴着水，我接过来帽子问他：

“外面上冻了吗？”

他把裤口摆给我看，我用手摸时，半段裤管又凉又硬。他抓住我在摸裤管的手说：

“小孩子，饿坏了吧！”

我说：“不饿。”我怎能说饿呢！为了追求食物他的衣服都结冰了。

过一会，他拿出二十元票子给我看。忽然使我痴呆了一刻，这是哪里来的呢？

# 家庭教师

二十元票子，使他作了家庭教师。

这是第一天，他起得很早，并且脸上也像愉悦了些。我欢喜地跑到过道去倒脸水。心中埋藏不住这些愉快，使我一面折着被子，一面嘴里任意唱着什么歌的句子。而后坐到床沿，两腿轻轻地跳动，单衫的衣角在腿下面抖荡。我又跑出门外，看了几次那个提篮卖面包的人，我想他应该吃些点心吧，八点钟他要去教书，天寒，衣单，又空着肚子，那是不行的。

但是还不见那提着膨胀的篮子的人来到过道。

郎华作了家庭教师，大概他自己想也应该吃了。当我下楼时，他就自己在买，长形的大提篮已经摆在我们房间的门口。他仿佛一个大蝎虎样，贪婪的，为着他的食欲，从篮子里往外捉取着面包，圆形的点心和“列巴圈”，他强健的两臂，好像要把整个篮子抱到房间里才能满足。最后他付过钱，下了最大的决心，舍弃了篮子跑回房中来吃。

还不到八点钟，他就走了。九点钟刚过他就回来。下午太阳快落时，他又去一次，一个钟头又回来。他已经慌慌忙忙像是生活有了意义似的。当他回来时，他带回一个小包袱，他说那是才从当铺取出的从前他当过的两件衣裳。他很有兴致的把一件长夹袍从包袱里解出来，还有一件小毛衣。

“你穿我的夹袍，我穿毛衣。”他吩咐着。

于是两个人各自赶快穿上。他的毛衣很合适。惟有我穿着他的夹袍，两只脚使我自己看不见，手被袖口吞没去，宽大的袖口使我忽然感到我的肩膀一边挂好一个口袋，就是这样我觉得很合适，很满足。

电灯照耀着满城市的人家。钞票带在我的衣袋里，就这样两个人理直气壮地走在街上，穿过电车道，穿过扰嚷着的那条破街。

一扇破碎的玻璃门，上面封了纸片，郎华拉开它，并且回头向我说：“很好的小饭馆，洋车夫和一切工人全在这里吃饭。”

我跟着进去。里面摆着三张大桌子，我有点看不惯，好几部分食客都挤在一张桌上。屋子几乎要转不来身，我想：让我坐在哪里呢？三张桌子都是满满的人。我在袖口外面捏了一下郎华的手说：“一张空桌也没有，怎么吃？”

他说："在这里吃饭是随随便便的，有空就坐。"他比我自然得多，接着他把帽子挂到墙壁上。堂管走来，用他拿在手中已经擦满油腻的布巾抹了一下桌角，同时向旁边正在吃的那个人说："借光，借光。"

就这样，郎华坐在长板凳上那个人剩下来的一头。至于我呢，堂管把掌柜独坐的那个圆板凳搬来，占据着大桌子的一头。我们好像存在也可以，不存在也可以似的。不一会，小小的菜碟摆上来。我看到一个小圆木砧上堆着煮熟的肉，郎华跑过去，向着木砧说了一声："切半角钱的猪头肉。"

那个人把刀在围裙上，在那块脏布上抹了一下，熟练的挥动着刀在切肉。我想：他怎么知道那叫猪头肉呢？很快的我吃到猪头肉了。后来我又看见火炉上煮着一个大锅，我想要知道这锅里到底盛的是什么，然而当时我不敢，不好意思站起来满屋摆荡。

"你去看看吧。"

"那没有什么好吃的。"郎华一面去看，一面说。

正相反，锅虽然满挂着油腻，里面却是肉丸子。掌柜连忙说："来一碗吧？"

我们没有立刻回答。掌柜又连忙说："味道很好哩。"

我们怕的倒不是味道好不好，既然是肉的，一定要多花钱吧！我们面前摆了五六个小碟子，觉得菜已经够了。他看看我，我看看他。

“这么多菜，还是不要肉丸子吧。”我说。

“肉丸子还带汤。”我看他说这话，是愿意了，那么吃吧。一决心，肉丸子就端上来。

破玻璃门边，来来往往有人进出，戴破皮帽子的，穿破皮袄的，还有满身红绿的油匠，长胡子的老油匠，十二三岁尖嗓的小油匠。

脚下有点潮湿得难过了。可是门仍不住的开关，人们仍是来来往往。一个岁数大一点的妇人，抱着孩子在门外乞讨，仅仅在人们开门时她说一声：“可怜可怜吧！给小孩点吃的吧！”然而她从不动手推门。后来大概她等到时间太长了，就跟着人们进来，停在门口，她还不敢把门关上，表示出她一得到什么东西很快就走的样子。忽然全屋充满了冷空气。郎华拿馒头正要给她，掌柜的摆着手：“多得很，给不得。”

靠门的那个食客强关了门，已经把她赶出去了，并且说：“真她妈的，冷死人，开着门还行！”

不知那一个发了这一声：“她是个老婆子，你把她推出去。若是个大姑娘，不抱住她，你也得多看她两眼。”

全屋人差不多都笑了，我却听不惯这话，我非常恼怒。

郎华为着猪头肉喝了一小壶酒，我也帮着喝。同桌的那个人只吃咸菜，喝稀饭，他结账时还不到一角钱。接着我们也结账：小菜每碟二分，五碟小菜，半角钱猪头肉，半角钱烧酒，丸子汤八分，外加八个大馒头。

走出饭馆，使人吃惊，冷空气立刻裹紧全身，高空闪烁着繁星。我们奔向有电车经过叮叮响的那条街口。

“吃饱没有？”他问。

“饱了。”我答。

经过街口卖零食的小亭子，我还买了两块纸包糖，我一块，他一块，一面上楼，一面吮着糖的滋味。

“你真像个大口袋。”他吃饱了以后才向我说。

同时我打量着他，也非常不像样。在楼下大镜子前面两个人照了好久。他的帽子仅仅扣住前额，后脑勺被忘记似的，离得帽子老远老远的独立着。很大的头，顶个小卷沿帽，最不相宜的就是这个小卷沿帽，在头顶上看起来十分不牢固，好像乌鸦落在房顶，有随时飞走的可能。不配称的，别人送给他的那身学生服短而且宽。

走进房间，像两个大孩子似的，互相比着舌头，他吃的是红色的糖块，所以是红舌头，我是绿舌头。比完舌头之后，他忧愁起来，指甲在桌面上不住的敲响。

“你看，我当家庭教师有多么不带劲！来来往往冻得和个小叫花子似的。”

当他说话时，在桌上敲着的那只手的袖口已是破了，拖着线条。我想破了倒不要紧，可是冷怎么受呢？

长久的时间静默着，灯光照在两人脸上也不跳动一下，我说要给他缝缝袖口，明天要买针线。说到袖口，他惊觉一般看一下袖口，脸上立刻浮现着幻想，并且嘴唇微微张开，不自然似的，又不说什么。

关了灯，月光照在窗外，反映得全室微白。两人扯着一张被子，头下破书当做枕头。隔壁手风琴又咿咿呀呀的在诉说生之苦乐。乐器伴着他，他慢慢打开他幽禁的心灵了：

"敏子……这是敏子姑娘给我缝的。可是过去了，过去了就没有什么意义。我对你说过，那时候我疯狂了。直到最末一次信来，才算结束，结束就是说从那时起她不再给我来信了。这样意外的，相信也不能相信的事情，弄得我昏迷了许多日子……以前许多信都是写着爱我……甚至于说非爱我不可，最末一次信却骂起我来，直到现在我还不相信，可是事实是那样……"

他起来去拿毛衣给我看，"你看这桃色的线……是她缝的……敏子缝的……"

又灭了灯，隔壁的手风琴仍不停止。在说话里边他叫那个名字"敏子，敏子"，都是喉头发着水声。

"很好看的，小眼眉很黑……嘴唇很……很红啊！"说到恰好的时候，在被子里边他紧紧捏了我一下手。我想：我又不是她。

"嘴唇通红通红……啊……"他仍说下去。

马蹄打在街石上一朵朵的响声。每个院落在想像中也都睡去。

# 来　客

打过门，随后进来一个胖子，穿的绸大衫，他也说他来念书，这使我很诧异。他四五十岁的样子，又是个买卖人，怎么要念书呢？过了好些时候，他说要念《庄子》。白话文他说不用念，一看就明白，那不算学问。

郎华该怎么办呢？郎华说："念《庄子》也可以。"

那胖子又说每一星期要做一篇文章，要请先生改。郎华说：也可以。郎华为了钱，为了一点点的学费这都可以。

另一天早晨，又来一个年青人，郎华不在家，他就坐在草褥上等着，他好像有肺病，一面看床上的旧报纸一面问我：

"门外那张纸贴上写着打武术，每月五元，不能少点吗？"

"等一下再讲吧！"我说。

他规规矩矩，很无聊地坐着。大约十分钟又过去了！郎华怎么还不回来，我很着急。得一点教书钱，好像做一笔买卖似的。我想这笔买卖是作不成了，那人直说要走。

“你等一等就回来的，就回来的。”

结果不能等，临走时向我告诉：

“我有肺病，我是从‘大罗新’（商店）下来的，一年了，病也不好，医生叫我运动运动。吃药花钱太多，也不能吃了！运动总比挺着强。昨天我看报上有广告，才知道这里教武术，先生回来，请向先生说说，学费少一点。”

从家庭教师的广告登出去，就有人到这里治病，念《庄子》，还有人要练“飞檐走壁”，问先生会不会“飞檐走壁”！

那天又是郎华不在家，来一个人，还没有坐定，他就走了。他看一看床上就是一张光身的草褥，被子卷在床头，灰色的棉花从破孔流出来，我想去折一下，又来不及。那人对准地下两只破鞋打量着。他的手杖和眼镜都闪着光，在他看来，教武术的先生不用问是个讨饭的家伙。

# 提篮者

提篮人，他的大篮子，长形面包，圆面包……每天早晨他带来诱人的麦香等在过道。

我数着……三个，五个，十个……把所有的铜板给了他。一块黑面包摆在桌子上。郎华回来第一件事，他在面包上掘了一个洞，连帽子也没脱掉就嘴里嚼着，又去找白盐。他从外面带进来的冷空气发着腥味。他吃面包，鼻子时时滴下清水滴。

“来吃啊！”

“就来。”我拿了刷牙缸跑下楼去倒开水，回来时，面包差不多只剩硬壳在那里。他紧忙说：

“我吃得真快，怎么吃得这样快？真自私，男人真自私。”只端起牙缸来喝水，他再不吃了！我再叫他吃他也不吃。只说：“饱了，饱了！吃去你的一半还不够吗？男人不好，只顾自己。你的病刚好，一定要吃饱的。”

他给我讲着，他怎样要开一个“学社”，教武术，还教什么什么……这时候他的手，又凑到面包壳上去，并且另一只手也来了！扭了一块下去，已经送到嘴里，已经咽下去，他也没有发觉，第二次又来扭，可是说了：

“我不应该再吃，我已经吃饱。”

他的帽子仍没有脱掉，我替他脱了去，同时送一块面包皮到他的嘴上。

喝开水，他也是一直喝，等我向他要，他才给我。

“晚上，我领你到饭馆去吃。”我觉得很奇怪，没钱怎么可以到饭馆去吃呢！

“吃完就走，这年头不吃还饿死？”他说完，又去倒开水。

第二天，挤满面包的大篮子又等在过道，我始终没推开门，门外有别人在买，即是不开门我也好像嗅到麦香。对面包我害怕起来，不是我想吃面包，怕是面包要吞了我。

“列巴，列巴！”哈尔滨叫面包做“列巴”，卖面包的人打着我们的门在招呼。带着心惊，买完了说：

“明天给你钱吧，没有零钱。”

星期日家庭教师也休息。只有休息，连早饭也没有。提篮人在打门，郎华跳下床去，比猫跳得更得法，轻快，无声。我一动不动，“列巴”就摆在门口，郎华光着脚，只穿一件短裤，衬衣搭在肩上，胸膛露在外面。

一块黑面包，一角钱。我还要五分钱的“列巴圈”，那人用绳穿起来。我还说：“不用，不用。”我打算就要吃了！我伏在床上，把头抬起来，正像遇见了桑叶而抬头的蚕一样。

可是，立刻受了打击，我眼看着那人从郎华的手上把面包夺回去，五个“列巴圈”也夺回去。

“明早一起取钱不行吗？”

“不行，昨天那半角也给我吧！”

我充满口涎的舌尖向嘴唇舐了几下，不但“列巴圈”没有吃到，把所有的铜板又都带走了。

“早饭吃什么呀？”

“你说吃什么？”锁好门，他又回到床上时，冰凉的身子贴住我。

# 饿

“列巴圈”挂在过道别人的门上，过道好像还没有天明，可是电灯已经熄了。夜间遗留下来睡朦朦的气息充塞在过道，茶房气喘着，抹着地板。我不愿醒得太早，可是已经醒了，同时再不能睡去。

厕所房的电灯仍开着，和夜间一般昏黄，好像黎明还没有到来，可是“列巴圈”已经挂上别人家的门了！有的牛奶瓶也规规矩矩地等在别人的房间外。只要一醒来，就可以随便吃喝，但，这都只限于别人，是别人的事，与自己无关。

扭开了灯，郎华睡在床上，他睡得很恬静，连呼吸也不震动空气一下。听一听过道连一个人也没走动。全旅馆的三层楼都在睡中，越这样静越引诱我，我的那种想头越坚决。过道尚没有一点声息，过道越静越引诱我，我的那种想头越想越充涨我：去拿吧！正是时候，即使是偷，那就偷吧！

轻轻扭动钥匙，门一点响动也没有，探头看了看，“列巴圈”对门就挂着，东隔壁也挂着，西隔壁也挂着。天快亮了！牛奶瓶的乳白色看得真真切切，“列巴圈”比每天也大了些。结果什么也没有去拿，我心里发烧，耳朵也热了一阵，立刻想到这是“偷”。儿时的记忆再现出来，偷梨吃的孩子最羞耻。过了好久，我就贴在已关好的门扇上，大概我像一个没有灵魂的、纸剪成的人贴在门扇。大概这样吧：街车唤醒了我，马蹄得得，车轮吱吱地响过去。我抱紧胸膛，把头也挂到胸口，向我自己心说：我饿呀！不是“偷”呀！

第二次也打开门，这次我决心了！偷就偷，虽然是几个“列巴圈”，我也偷，为着我“饿”，为着他“饿”。

第二次又失败，那么不去做第三次了。下了最后的决心，爬上床，关了灯，推一推郎华，他没有醒，我怕他醒。在“偷”这一刻，郎华也是我的敌人；假若我有母亲，母亲也是敌人。

天亮了！人们醒了，马路也醒了。做家庭教师，无钱吃饭也要去上课，并且要练武术。他喝了一杯空茶走的，过道那些“列巴圈”早已不见，都让别人吃了。

从昨夜饿到中午，四肢软弱一点，肚子好像被踢打放了气的皮球。

窗子在墙壁中央，天窗似的，我从窗口升了出去，赤裸裸，完全和日光接近；市街临在我的脚下，直线的，错综着许多角度的楼房，大柱子一般工厂的烟筒，街道横顺交组着，秃光的街树。白云在天空作出各样的曲线，高空的风吹破我的头发，飘荡我的衣襟。市街和一张烦烦杂杂颜色不清晰的地图挂在我的眼前。楼顶和树梢都挂住一层稀薄的白霜，整个城市在阳光下闪闪灼灼撒了一层银片。我的衣襟风拍着作响，我冷了，我孤孤独独的好像站在无人的山顶。每家楼顶的白霜，一刻不是银片了，而是些雪花，冰花或是什么更严寒的东西在吸我，全身浴在冰水里一般。

我披了棉被再出现到窗口，那不是全身，仅仅是头和胸突在窗口。一个女人站在一家药店门口讨钱，手下牵着孩子，衣襟裹着更小的孩子。药店没有人出来理她，过路人也不理她，都像说她有孩子不对，穷就不该有孩子，有也应该饿死。

我只能看到街路的半面，那女人大概向我的窗下走来，因为我听见那孩子的哭声很近。

“老爷，太太，可怜可怜……”可是看不见她在追逐谁，虽然是三层楼，也听得这般清楚，她一定是跑得颠颠断断的呼喘：“老爷……老爷……可怜吧！”

那女人一定正相同我，一定早饭还没有吃，也许昨晚的也没有吃，她在楼下急迫的来回的呼声传染了我，肚子立刻响起来，肠子不住的呼叫……

郎华仍不回来，我拿什么来喂肚子呢？桌子可以吃吗？草褥子可以吃吗？

晒着阳光的行人道，来往的行人，小贩，乞丐……这一些看得我疲倦了！打着呵欠从窗口爬下来。

窗子一关起来，立刻满生了霜，过一刻玻璃片就流着眼泪了！起初是一条一条的，后来就大哭了！满脸是泪，好像在行人道上讨饭的母亲的脸。

我坐在小屋，饿在笼中的鸡一般，只想合起眼睛来静着，默着，但又不是睡。

"咯，咯！"这是谁在打门！我快去开门，是三年前旧学校里的图画先生。

他和从前一样很喜欢说笑话，没有改变，只是胖了一点，眼睛又小了一点。他随便说，说得很多。他的女儿，那个穿红花旗袍的小姑娘，又加了一件黑绒上衣，她在藤椅上怪美丽的，但她有点不耐烦的样子：

"爸爸，我们走吧。"小姑娘哪里懂得人生！小姑娘只知道美，哪里懂得人生？

曹先生问："你一个人住在这里吗？"

"是——"我当时不晓得为什么答应"是"，明明是和郎华同住，怎么要说自己住呢？

好像这几年并没有别开，我仍在那个学校读书一样。他说：

"还是一个人好，可以把整个的心身献给艺术。你现在不喜欢画，你喜欢文学，就把全心献给文学。只有忠心于艺术的心才不空虚，只有艺术才是美，才是真美。‘爱情’这话很难说，若是为了性欲才爱，那么就不如临时解决，随便可以找到一个，只要是异性。爱是爱，‘爱’很不容易，那么就不如爱艺术，比较不空虚……”

“爸爸，走吧！”小姑娘哪里懂得人生，只知道“美”，她看一看这屋子一点意思也没有，床上只铺一张草褥子。

“是，走——”曹先生又说，眼睛指着女儿：“你看我，十三岁就结了婚。这不是吗？曹云都十五岁啦！”

“爸爸，我们走吧！”

他和前几年一样，总爱说“十三岁”就结了婚。差不多全校同学都知道曹先生是十三岁结婚的。



“爸爸，我们走吧！”

他把一张票子丢在桌上就走了！那是我写信去要的。

郎华还没有回来，我应该立刻想到饿，但我完全被青春迷惑了，读书时候哪里懂得“饿”？只晓得青春最重要，虽然现在我也并没老，但总觉得青春是过去了！过去了！

我冥想了一个长时期，心浪和海水一般的潮了一阵。

追逐实际吧！青春惟有自私的人才系念她，“只有饥寒，没有青春”。

几天没有去过的小饭馆，又坐在那里边吃喝了。“很累了吧！腿可疼？道外道里要有十五里路。”我问他。

只要有的吃，他也很满足，我也很满足。其余什么都忘了！

那个饭馆，我已经习惯，还不等他坐下，我就抢了个地方先坐下，我也把菜的名字记得很熟，什么辣椒白菜啦，雪里红豆腐啦……什么酱鱼啦！怎么叫酱鱼呢？哪里有鱼！用鱼骨头炒一点酱，借一点腥味就是啦！我很有把握，我简直都不用算一算就知道这些菜也超不过一角钱。因此我很大的声音招呼，我不怕，我一点也不怕花钱。

回来，没有睡觉之前我们一面喝着开水一面说：

“这回又饿不着了，又够吃些日子。”

闭了灯，又满足又安适的睡了一夜。

# 搬　家

搬家！什么叫搬家？移了一个窠就是罢！

一辆马车，载了两个人，一个条箱，行李也在条箱里。车行在街口了，街车，行人道上的行人，店铺大玻璃窗里的“模特儿”……汽车驰过去了，别人的马车赶过我们急跑，马车上面似乎坐着一对情人，女人的卷发在帽沿外跳舞，男人的长臂没有什么用处一般，只为着一种表示才遮在女人的背后。马车驰过去了，那一定是一对情人在兜风……只有我们是搬家。天空有水状的和要融化春冰状的白云，我仰望着白云，风从我的耳边吹过，使我的耳朵鸣响。

到了：商市街 ×× 号。

他夹着条箱，我端着脸盆，通过很长的院子，在尽那头，第一下拉开门的是郎华，他说：

“进去吧！”

"家"就这样的搬来，这就是"家"。

一个男孩，穿着一双很大的马靴，跑着跳着喊：

"妈……我老师搬来啦，我老师搬来啦！"

这就是他教武术的徒弟。

借来的那张铁床，从门也抬不进来，从窗也抬不进来。抬不进来，真的就要睡地板吗？光着身子睡吗？铺什么？

"老师，用斧子打吧。"穿长靴的孩子去找到一柄斧子。

铁床已经站起，塞在门口，正是想抬出去也不能够的时候，郎华就用斧子打，铁击打着铁发出震鸣，门顶的玻璃碎了两块，结果床搬进来了，光身子放在地板中央，又向房东借一张桌子和两张椅子。



郎华走了，他说他去买水桶，菜刀，饭碗……

我的肚子因为冷，也许因为累，又在作痛。走到厨房去看，炉中的火熄了，未搬来之前也许什么人在烤火，所以炉中尚有木柈在燃。

铁床露着骨，玻璃窗渐渐结上冰来。下午了，阳光失去了暖力，风渐渐卷着沙泥来吹打窗子……用冷水擦着地板，擦着窗台……等到这一切做完，再没有别的事可做的时候，我感到手有点痛，脚也有点痛。

这里不像旅馆那样静，有狗叫，有鸡鸣……有人吵嚷。

把手放在铁炉板上也不能暖了，炉中连一颗火星也灭掉。肚子痛，要上床去躺一躺，哪里是床！冰一样的铁条，怎么敢去接近！

我饿了，冷了，我肚痛，郎华还不回来，有多么不耐烦！连一只表也没有，连时间也不知道。多么无趣，多么寂寞的家呀！我好像落下井的鸭子一般寂寞并且隔绝。肚痛、寒冷和饥饿伴着我，……什么家？简直是夜的广场，没有阳光，没有暖。

门扇大声光郎光郎地响，是郎华回来，他打开小桶的盖给我看：小刀，筷子，碗，水壶，他把这些都摆出来，纸包里的白米也倒出来。

只要他在我身旁，饿也不难忍了，肚痛也轻了。买回来的草褥放在门外，我还不知道，我问他：

“是买的吗？”

“不是买的，是哪里来的？”

“钱，还剩多少？”

“还剩！怕是不够哩！”

等他买木柈回来，我就开始点火。站在火炉边，居然间我也和小主妇一样调着晚餐。油菜烧焦了，白米饭是半生就吃的，说它是粥，比粥还硬一点，说它是饭，比饭还粘一点。这是说我做了“妇人”，不做妇人，哪里会烧饭？不做妇人哪里懂得烧饭？

晚上房主人来时，大概是取着拜访先生的意义来的！房主人就是穿马靴那个孩子的父亲。

“我三姐来啦！”过一刻那孩子又打门。

我一点也不能认识她，她说她在学校时每天差不多都看见我，不管在操场或是礼堂。我的名字她还记得很熟。

“也不过三年，就忘得这样厉害……你在哪一班？”我问。

“第九班。”

“第九班，和郭小娴一班吗？郭小娴每天打球，我倒认识她。”

“对啦！我也打篮球。”

但无论如何我也想不起她来，坐在我对面的简直是一个从未见过的面孔。

“那个时候，你十几岁呢？”

“十五岁吧！”

“你太小啊，学校里多半是不注意小同学们的。”我想了一下，我笑了。

她卷皱的头发，挂胭脂的嘴，比我好像还大一点，因为回忆完全把我带回往昔的境地去。其实我是二十二岁了，比起她来，怕是已经老了。尤其是在蜡烛光里，假若有镜子让我照一下，我一定惨败得比三十岁更老。

“三姐！你老师来啦。”

“我去学俄文。”她弟弟在外边一叫她，她就站起来说。

很爽快，完全是少女风度，长身材，细腰，闪出门去。

# 最末的一块木柈

火炉烧起又灭，灭了再弄着，灭到第三次，我懊恼了！我再不能抑止我的愤怒，我想冻死吧，饿死吧，火也点不着，饭也烧不熟。就是那天早晨，手在铁炉门上烫焦了两条，并且把指甲烧焦了一个缺口。火焰仍是从炉门喷吐，我对着火焰生气，女孩子的娇气毕竟没有脱掉。我向着窗子，心很酸，脚也冻得很痛，打算哭了。但过了好久，眼泪也没有流出，因为已经不是娇子，哭什么？

烧晚饭时，只剩一块木柈，一块木柈怎么能生火呢？那样大的炉腔，一块木柈只能占去炉腔的二十分之一。

“睡下吧，屋子太冷，什么时候饿，就吃面包。”郎华抖着被子招呼我。

脱掉袜子，腿在被子里面团卷着，想要把自己的脚放到自己的肚子上面暖一暖，但是不可能，腿生得太长了，实在感到不便，腿实在是无用。在被子里面也要颤抖似的。窗子上的霜，已经挂得那样厚，并且四壁刷的绿颜色，涂着金边，这一些更使人感到寒冷。两个人的呼吸像冒着烟一般的。玻璃上的霜好像柳絮落到河面，密结地起着绒毛。夜来时也不知道，天明时也不知道，是个没有明暗的幽室，人住在里面正像菌类生在不见天日的大树下，快要朽了。而人不是菌类。

半夜我就醒来，并不饿，只觉到冷。郎华光着身子跳起来，点起蜡烛到厨房去喝冷水。

“冻着，也不怕受寒！”

“你看这力气！怕冷？”他的性格是这样，争强给我看。临上床，他还在自己肩头上打了两下。我遇着他冷的身子抖颤了。都说情人的身子比火还热，到此时我不能相信这话了。

第二天仍是一块木柈，他说借吧！

“向哪里借？”

“向汪家借。”

写了一张纸条，他站在门口喊他的学生汪玉祥。

老厨夫抱了满怀的木柈来叫门。

不到半点钟我的脸一定也红了，因为郎华的脸红起来。窗子滴着水，水从窗口流延到地板上，窗前来回走人也看得清，窗前啄食的小鸡也看得清，黑毛的，红毛的，也有花毛的。

“老师，练武术吗？九点钟啦！”

“等一会，吃完饭练武术！”

有了木柈，还没有米，等什么？越等越饿。他教完武术又跑出去借钱，等他借了钱买了一大块厚饼回来，木柈又只剩了一块。这可怎么办？晚饭又不能吃。

对着这一块木柈，又爱它，又恨它，又可惜它。

# 黑列巴和白盐

玻璃窗子又慢慢结起霜来，不管人和狗经过窗前都辨不清楚。

“我们不是新婚吗？”他这话说得很响，他唇下的开水杯起一个小圆波浪。他放下杯子，在黑面包上涂一点白盐送下喉去。大概是面包已不在喉中，他又说：“这不是正在度蜜月吗！”

“对的，对的。”我笑了。

他连忙又取一片黑面包涂上一点白盐，他学着电影上那样度蜜月，把涂盐的列巴先送上我的嘴，我咬了一下，而后他才去吃。一定盐太多了，舌尖感到不愉快，他连忙去喝水：

“不行不行，再这样度蜜月把人咸死了。”

盐毕竟不是奶油，带给人的感觉一点也不甜，一点也不香。我坐在旁边笑。

光线完全不能透进屋来，四面是墙，窗子已经无用，封闭了的洞门似的，与外界绝对隔离开。天天就生活在这里边。素食，有时候不食，好像传说上要成仙的人在这地方苦修苦练。很有成绩，修练得倒是不错了，脸也黄了，骨头也瘦了。我的眼睛越来越扩大，他的颊骨和木块一样突在腮边，这些工夫都做到，只是还没成仙。

“借钱”，“借钱”，郎华每日出去“借钱”，他借回来的钱总是很少，三角，五角，借到一元都是很稀有的事。

黑列巴和白盐许多日子成了我们唯一的生命线。

# 度　日

天色连日阴沉下去，一点光也没有，完全灰色，灰得怎样程度呢？那和墨汁混到水盆中一样。

火炉台擦得很亮了，碗、筷子、小刀摆在格子上。清早起第一件事点起火炉来，而后擦地板，铺床。

炉铁板烧得很热时，我便站到火炉旁烧饭，刀子、匙子弄得很响。炉火在炉腔里起着小的爆炸，饭锅腾着气，葱花炸到油里发出很香的蒸调的气味，我细看葱花在油里边滚着，渐渐变黄起来。……小洋刀好像剥着梨皮一样把地豆刮得很白，很好看，去了皮的地豆是乳黄色，柔和而有弹力，炉台上铺好一张纸，把地豆再切成薄片，饭已熟，地豆煎好。打开小窗望了望，院心几条小狗在戏耍。

家庭教师还没有下课，菜香和米香引我回到炉前再吃两口，用匙子调一下饭，再调一下菜，很忙的样子像在偷吃。

在地板上走了又走，一个钟头的课程还不到吗？于是再打开锅盖吞下几口。再从小窗望一望，我快要吃饱的时候他才回来。习惯上知道一定是他，他都是在院心大声弄着嗓子响。我藏在门后等他，有时候我就不等他寻到就作着怪声跳出来。

早饭吃完以后，就是洗碗，刷锅，擦炉台，摆好木格子。假如有表，怕是十一点还多了！

再过三四个钟头又是烧晚饭。他出去找职业，我在家里烧饭，我在家里等他。火炉台，我开始围着它转走起来。每天吃饭，睡觉，愁柴，愁米……

这一切给我一个印象：这不是孩子时候了，是在过日子，开始过日子。

# 飞　雪




是晚间，正在吃饭的时候，管门人来告诉：

“外面有人找。”

踏着雪，看到铁栅栏外我不认识的一个人，他说他是来找武术教师。那么这人就跟我来到房中，在门口他找擦鞋的东西，可是没有预备那样完备。表示着很对不住的样子，他怕是地板会弄脏的。厨房没有灯，经过厨房时那人为了脚下的雪差不多没有跌倒。

一个钟头过去了吧！我们的面条在碗中完全凉透他还没有走，可是他也不说“武术”究竟是学不学，只是在那里用手帕擦一擦嘴，揉一揉眼睛，他是要睡着了！我一面用筷子调一调快凝住的面条，一面看着他把外衣的领子轻轻地竖起来，我想这回他一定是要走。然而没有走，或者是他的耳朵怕受冻用皮领来取一下暖，其实，无论如何在屋里也不会冻耳朵，那么他是想坐在椅子上睡觉吗？这里是睡觉的地方？

结果他也没有说“武术”是学不学，临走时他才说：

“想一想……想一想……”

常常有人跑到这里来想一想，也有的人第二次他再来想一想。立刻就决定的人一个也没有，或者是学，或者是不学。看样子当面说不学，怕人不好意思，说学又总觉得学费不能再少一点吗？总希望武术教师把学费自动的减少一点。

我吃饭时很不安定，替他挑碗面，替自己挑碗面，一会又剪一剪灯花，不然蜡烛颤索得使人很不安。

两个人一句话也不说，对着蜡烛吃着冷面。雪落得很大了！出去倒脏水回来，头发就是湿的。从门口望出去，借了灯光，大雪白茫茫，一刻就要倾满人间似的。

郎华披起才借来的夹外衣到对面的屋子教武术。他的两只空袖口没进大雪片中去了。我听他开着对面那房子的门。那间客厅光亮起来。我向着窗子，雪片翻倒倾忙着，寂寞并且严肃的夜围临着我，终于起着咳嗽关了小窗。找一本书，读不上几页，又打开小窗，雪大了呢？还是小了？人在无聊的时候，风雨，总之一切天象会引起注意来。雪飞得更忙迫，雪片和雪片交组在一起。

很响的鞋底打着大门过道，走在天井里，鞋底就减轻了声音。我知道是汪林回来了。那个旧日的同学，今日我没能看见她穿的是中国衣裳或是外国衣裳，她停在门外的木阶上在按铃，小使女，也就是小丫环开了门，一面问：

“谁？谁？”

“是我你还听不出来！谁？谁？”她有点不耐烦，小姐们有了青春更骄傲，可是做丫环的一点也不知道这个。假若不是落雪一定能看到那女孩是怎样无知的把头缩回去。

又去读读书，又来看看雪，读了很多页了，但什么意思呢？我也不知道。因为我心只记得：落大雪天，就转寒，那么从此我不能出屋了吧？郎华没有皮帽，他的衣裳没有皮领，耳朵一定要冻伤的吧！

在屋里，只要火炉生着火，我就站在炉边，或者更冷的时候，我还能坐到铁炉板上去把自己煎一煎。若没有木柈，我就披着被坐在床上，一天不离床，一夜不离床，但到外边可怎么能去呢？披着被上街吗？那还可以吗？

我把两只脚伸到炉腔里去，两腿伸得笔直，就这样在椅子上对着炉门看书；哪里看书，假看，无心看。

郎华一进门就说：“你在烤火腿吗？”

我问他：“雪大小？”

“你看这衣裳！”他用面巾打着外套。

雪，带给我不安，带给我恐怖，带给我终夜各种不舒适的梦……一大群小猪沉下雪坑去……麻雀冻死在电线上，麻雀虽然死了，仍挂在电线上。行人在旷野白色的大树林里一排一排的僵直着，还有一些把四肢都冻丢了。

这样的梦以后，但总不能知道这是梦，渐渐明白些时，才紧抱住郎华，但总不能相信这不是真事。我说：

“为什么要做这样的梦？照迷信来说，这可不知怎样？”

“真糊涂，一切要用科学方法来解释，你觉得这梦是一种心理，心理是从哪里来的？是物质的反映。你摸摸你这肩膀冻得这样凉，你觉到肩膀冷，所以你做那样的梦！”很快的他又睡去，留下我觉得风从棚顶、从床底都会吹来，冻鼻头，又冻耳朵。

夜间大雪又不知落得怎样了！早晨起来，一定会推不开门吧！记得爷爷说过：大雪的年头小孩站在雪里露不出头顶……风不住扫打窗子，小狗在房后哽哽的叫……

从冻又想到饿，明天没有米了。

# 他的上唇挂霜了



他夜夜出去在寒月的清光下。他到五里路远一条僻静的街上去教两个人读中学国文课本。这是新找到的职业，不能说是职业，只能说新找到十五元钱。

秃着耳朵，夹外套的领子还不能遮住下巴，就这样夜夜出去，一夜比一夜冷了！听得见人们踏着雪地的响声也更大。他带着雪花回来，裤子下口全是白色，鞋也被雪浸了一半。

“又下雪吗？”

他一直没有回答，好像是同我生气。把袜子脱下来，雪积满他的袜口，我拿他的袜子在门扇上打着，只有一小部分雪星是震落下来，袜子的大部分全是潮湿了的。等我在火炉上烘袜子的时候，一种很难忍的气味满屋散布着。

“明天早晨晚些吃饭，南岗有一个要学武术的。等我回来吃。”他说这话完全没有声色，把声音弄得很低很低……或者他想要严肃一点，也或者他把这事故意看做平凡的事。总之我不能猜到了！

他赤了脚。穿上“傻鞋”去到对门上武术课。

“你等一等，袜子就要烘干的。”

“我不穿。”

“怎么不穿，汪家有小姐的。”

“有小姐管什么？”

“不是不好看吗！”

“什么好看不好看！”他光着脚去，也不怕小姐们看，汪家有两个很漂亮的小姐。

他很忙，早晨起来就跑到南岗去，吃过饭又要给他的小徒弟上国文课。一切完了又要跑出去借钱。晚饭后又是教武术，又是去教中学课本。

夜间他睡觉醒也不醒转来，我感到非常孤独了！白昼使我对着一些家具默坐，我虽生着嘴也不能言语，我虽生着腿也不能走动，我虽生着手而也没有什么做，和一个废人一般，有多么寂寞！连视线都被墙壁截止住，连看一看窗前的麻雀也不能够，什么也不能够，玻璃生满厚的和绒毛一般的霜雪。这就是“家”，没有阳光，没有暖，没有声，没有色，寂寞的家，穷的家，不生毛草荒凉的广场。

我站在小过道窗口等郎华，我的肚子很饿。

铁门扇响了一下，我的神经便要震荡一下，铁门响了无数次，来来往往都是和我无关的人。汪林她很大的皮领子和她很响的高跟鞋相配称，她摇摇恍恍，满满足足，她的肚子想来很饱很饱，向我笑了笑，滑稽的样子用手指点我一下：

“啊！又在等你的郎华……”她快走到门前的木阶，还说着：“他出去，你天天等他，真是怪好的一对！”

她的声音在冷空气里来得很脆，也许是少女们特有的喉咙，对于她，我立刻把她忘记，也许原来就没把她看见，没把她听见，假若我是个男人，怕是也只有这样。肚子响叫起来。

汪家厨房传出来炒酱的气味，隔得很远我也会嗅到，他家吃炸酱面吧！炒酱的铁勺子一响都像说：炸酱面炸酱面……

在过道站着，脚冻得很痛，鼻子流着鼻涕。我回到屋里，关好二层门，不知是想什么，默坐了好久。

汪林的二姐到冷屋去取食物，我去倒脏水遇见她，平日不很说话，很生疏，今天她却说：

“没去看电影吗？这个片子不错，胡蝶主演。”她蓝色的大耳环永远吊荡着不能停止。

“没去看。”我的夹袍子冷透骨了！

“这个片很好，煞尾是结了婚，看这片子的人都猜想，假若再演下去，那是怎么度着美满的……”

她热心的来到门缝边，在门缝我也看到她大长的耳环在摆动。

“进来玩玩吧！”

“不进去，要吃饭啦！”

郎华回来了，他的上唇挂霜了！汪二小姐走得很远时，她的耳环和她的话声仍震荡着：“和你度蜜月的人回来啦，他来了。”

好寂寞的、好荒凉的家呀！他从口袋取出烧饼来给我吃。他又走了，说有一家招请电影广告员，他要去试试。

“什么时候回来？什么时候回来？”我追赶到门外问他，好像很久捉不到的鸟儿，捉到又飞了！失望和寂寞，虽然吃着烧饼也好像饿倒下来。

小姐们的耳环对比着郎华的上唇挂着的霜。对门居着，他家的女儿看电影，戴耳环；我家呢？我家……

# 当　铺

“你去当吧！你去当吧，我不去！”

“好，我去，我就愿意进当铺，进当铺我一点也不怕，理直气壮。”

新做起来的，我的棉袍，一次还没有穿就跟着我进当铺去了！在当铺门口少微徘徊了一下，想起出门时郎华要的价目——非两元不当。

包袱送到柜台上，我是仰着脸，伸着腰，用脚尖站起来送上去的，真不晓得当铺为什么摆起这么高的柜台！

那戴帽头的人翻着衣裳看，还不等他问，我就说了：

“两块钱。”

他一定觉得我太不合理，不然怎么连看我一眼也没有看就把东西卷起来，他把包袱仿佛要丢在我的头上，他十分不耐烦的样子。

"两块钱不行，那么，多少钱呢？"

"多少钱不要。"他摇摇相同长西瓜形的脑袋，小帽头顶尖的红帽球也跟着摇了摇。

我伸手去接包袱，我一点也不怕，我理直气壮，我明明知道他故意作难，正想把包袱接过来就走。猜得对对的，他并不把包袱真给我。

"五毛钱！这件衣服袖子太瘦，卖不出钱来……"

"不当。"我说。

"那么一块钱……再可不能多了，就是这个数目。"他把腰微微向后弯一点，柜台太高，看不出他突出的肚囊……一只大手指就比在和他太阳穴一般高低的地方。

带着一元票子和一张当票，我快快地走，走起路来感到很爽快，默认自己是很有钱的人。菜市、米店我都去过，臂上抱了很多东西，感到非常愿意抱这些东西，手冻得很痛，觉得这是应该，对于手一点也不感到可惜，本来手就应该给我服务，好像冻掉了也不可惜。走在一家包子铺门前，又买了十个包子，看一看自己带着这些东西，很骄傲，心血时时激动，至于手冻得怎样痛一点也不可惜。路旁遇见一个老叫化子，又停下来给他一个大铜板，我想我有饭吃他也是应该吃啊！然而没有多给，只给一个大铜板，那些我自己还要用呢！又摸一摸当票也没有丢，这才重新走，手痛得什么心思也没有了，快到家吧！快到家吧。但是，背上流了汗，腿觉得很软，眼睛有些刺痛，走到大门口才想起来，从搬家还没有出过一次街，走路腿也无力，太阳光也怕起来。

又摸一摸当票才走进院去。郎华仍躺在床上，和我出来的时候一样，他还不习惯于进当铺。他是在想什么，拿包子给他看，他跳起来了：

“我都饿啦，等你也不回来。”

十个包子吃去一大半他才细问：“当多少钱？当铺没欺负你？”

把当票给他，他瞧着那样少的数目：

“才一元，太少。”

虽然说当得的钱少，可是又愿意吃包子，那么结果很满足。他在吃包子的嘴，看起来比包子还大，一个跟着一个，包子消失尽了。

# 借

“女子中学”的门前，那是三年前在里边读书的学校。和三年前一样，楼窗，窗前的树，短板墙，墙外的马路，每块石砖我踏过它。墙里墙外的每棵树尚存着我温馨的记忆，附近的家屋唤着我往日的情绪。

我忘不了这一切啊！管它是温馨的是痛苦的！我忘不了。这一切啊！我在那楼上正是我有着青春的时候。

现在已经黄昏了，是冬的黄昏。我踏上水门汀的阶石，轻轻地迈着步子。三年前曾按过的门铃又按在我的手中。出来开门的那个校役，他还认识我。楼梯上下跑走的那一些同学却交着耳说：

“这是找谁的？”

一切全不生疏，事务牌，信箱，电话室，就是挂衣架子三年也没有搬动，仍是摆在传达室的门外。

我不能立刻上楼，这对于我是一种侮辱似的。旧同学虽有，怕是教室已经改换了，宿舍，我不知道在楼上还是在楼下。

“梁先生——国文梁先生在校吗？”我对校役说。

“在校是在校的，正开教务会议。”

“什么时候开完？”

“那怕到七点钟吧！”

墙上的钟还不到五点，等也是无望，我走出校门来了！这一刻我完全没有来时的感觉，什么街石，什么树，这对我发生什么关系？

“吟——在这里。”郎华在很远的路灯下打着招呼。

“回去吧！走吧！”我走到他近边，再不说别的。

顺着那条斜坡的直道走得很远我才告诉他：

“梁先生开教务会议，开到七点，我们等得了吗？”

“那么你能走吗？肚子还疼不疼？”

“不疼，不疼。”

圆月从东边一小片林梢透过来，暗红色的圆月，很大很混浊的样子，好像老人昏花的眼睛垂到天边去。脚下的雪不住在滑着，响着，走了许多时候，一个行人没有遇见，来到火车站了！大时钟在暗色的空中发着光，火车的汽笛震鸣着冰寒的空气，电车，汽车，马车，人力车，车站前忙着这一切。

顺着电车道走，电车响着铃子从我们身旁一辆一辆的过去。没有借到钱，电车就上不去，走吧！挨着走，肚痛我也不能说。走在桥上，大概是东行的火车突着烟从桥下经过，震得人会耳鸣起来，索链一般的爬向市街去。

从岗上望下来，最远处，商店的红绿电灯不住地闪闭，在夜里的人家好像在烟里一般，若没有灯光从窗子流出来，那么所有的楼房就该变成幽寂的、没有钟声的大教堂了！站在岗上望下去，“许公路”的电灯好像扯在太阳下长串的黄色铜铃，越远那些铜铃越增加着密度，渐渐数不过来了！

挨着走，昏昏茫茫的走，什么夜，什么市街，全是阴沟，我们滚在沟中，携着手吧！相牵着走吧！天气那样冷，道路那样滑，我时时要滑倒的样子，脚下不稳起来，不自主起来，在一家电影院门前我终于跌倒了，坐在冰上，因为道上无处不是冰。膝盖的关节一定受了伤害，他虽拉着我，走起来也十分困难。

“肚子跌痛了没有？你实在不能走了吧？”

到家把剩下来的一点米煮成稀饭，没有盐，没有油，没有菜，暖一暖肚子算了。

吃饭，肚子仍不能暖，饼干盒子盛了热水，盒子漏了。郎华又拿一个空玻璃瓶要盛热水给我暖肚子，瓶底炸掉下来，满地流着水。他拿起没有底的瓶子当号筒来吹。在那呜呜的响声里边，我躺下冰冷的床去。

# 买皮帽

“破烂市”上打起着阴棚，很大一块地盘全然被阴棚连络起来。不断地摆着摊子：鞋，袜，帽子，面巾，这都是应用的东西。摆出来最多的是男人的裤子和衬衫。我打量了郎华一下，这裤子他应该买一条。我正想问价钱的时候忽然又被那些大大小小的皮外套引住。仰起头看那些挂得很高的、一排一排的外套，宽大的领子，黑色毛皮的领子，虽是马车夫穿的外套，郎华穿不也很好吗？又正想问价钱，郎华在那边叫我：

“你来，这个帽子怎么样？”他拳头上顶着一个四个耳朵的帽子正在转着弯看。我一见那和猫头一样的帽子就笑了，我还没有走到他近边，我就说：“不行。”

“我小的时候，在家乡尽戴这个样帽子。”他赶快顶在头上试一试。立刻他就变成个小猫样，“这真暖和。”他又把左右的两个耳朵放下来，立刻我又看他像个小狗——因为小时候爷爷给我买过这样“叭狗帽”，爷爷叫它“叭狗帽”。

“这帽子暖和得很！”他又顶在拳头上转着弯摇了两下。

脚在阴棚里冻得难忍，在小的行人道跑了几个弯子，许多“飞机帽”，这个，那个，他都试过。黑色的比黄色的价钱便宜两角，他喜欢黄色的，同时又喜欢少花两角钱，于是走遍阴棚，在寻找。

“你的……什么的要？”出摊子的人这样问着。同是中国人却把中国人当作日本或是高丽人。

我们不能买他的东西，快快地跑过去。

郎华带上飞机帽了！两个大皮耳朵上面长两个小耳朵。

“快走啊，快走。”绕过不少路才走出阴棚。若不是他喊我，我真被那些衣裳和裤子恋住了，尤其是马车夫们穿的羊皮外套。

重见天日时，我忙慌着跟上郎华去！

“还剩多少钱？”

“五毛。”

走过菜市，从前吃饭那个小饭馆，我想提议进去吃包子，一想到五角钱，只好硬着心肠，背了自己的愿望走过饭馆。五角钱要吃三天，哪能进饭馆子？

街旁许多卖花生、瓜子的。

“有铜板吗？”我拉了他一下。

“没有，一个没有。”

“没有就完事。”

“你要买什么？”

“不买什么！”

“要买什么这不是有票子吗？”他停下来不走了。

“我想买点瓜子，没有铜板就不买。”

大概他想：爱人要买几个铜板瓜子的欲望都不能满足！于是慷慨地摸着他的衣袋。

这不是给爱人买瓜子的时候，吃饭比瓜子更要紧；饿比爱人更要紧。

风雪吹着我们走回家来了，手疼，脚疼，我白白的跟着跑了一趟。

# 广告员的梦想

有一个朋友到一家电影院去画广告，月薪四十元。画广告留给我一个很深的印象，我一面烧早饭一面看报，又有某个电影院招请广告员被我看到，立刻我动心了：我也可以吧？从前在学校时不也学过画吗？但不知月薪多少。

郎华回来吃饭，我对他说，他很不愿意作这事。他说："尽骗人。昨天别的报上登着一段招聘家庭教师的广告，我去接洽，其实去的人太多，招一个人，就要去十个，二十个……"

"去看看怕什么？不成完事。"

"我不去。"

"你不去我去。"

"你自己去？"

"我自己去！"

第二天早晨我又留心那块广告，这回更能满足我的欲望。那广告又改登一次，月薪四十元，明明白白的是四十元。

“看一看去。不然，等着职业，职业会来吗？”我又向他说。

“要去吃了饭就去，我还有别的事。”这次他不很坚决了。

走在街上遇到他一个朋友。

“到哪里去？”

“接洽广告员的事情。”

“就是《国际协报》登的吗？”

“是的。”

“四十元啊！”这四十元他也注意到。

十字街商店高悬的大表还不到十一点钟，十二点才开始接洽。

已经寻找得好疲乏了，已经不耐烦了，代替接洽的那个“商行”才寻到。指明的是石头道街，可是那个“商行”是在石头道街旁的一条顺街尾上，我们的眼睛缭乱起来。走进“商行”去，在一座很大的楼房二层楼上，刚看到一块长方形的亮铜牌钉在过道，还没看到究竟是个什么“商行”，就有人截住我们：“什么事？”

“来接洽广告员的！”

“今天星期日，不办公。”

第二天再去的时候还是有勇气的，是阴天，飞着清雪。

那个商行的人说：“请到电影院本家去接洽吧。我们这里不替他们接洽了。”

郎华走出来就埋怨我：“这都是你主张，我说他们尽骗人，你不信！”

“怎么又怨我？”我也十分生气。

“不都是想当广告员吗？看你当吧！”

吵起来了。他觉得这是我的过错，我觉得他不应该同我生气。走路时他在前面，总比我快一些，他不愿意和我一起走的样子，好像我对事情没有眼光使他讨厌的样子。冲突就这样越来越大，当时并不去怨恨那个“商行”或是那个电影院，只是他生气我，我生气他，真正的目的却丢开了。两个人吵着架回来。

第三天我再不去了。我再也不提那事，仍是在火炉板上烘着手。他自己出去，戴着他的飞机帽。

“南岗那个人的武术不教了。”晚上他告诉我。

我知道就是那个人不学了。

第二天他仍是戴着他的飞机帽走了一天。到夜间我也并没提起广告员的事。照样第三天我也并没有提，我已经没有兴致想找那样的职业。可是他自动得，比我更留心，自己到那个电影院去过两次。

“我去过两次，第一回说经理不在，第二回说过几天再来吧。真他妈的！有什么劲，只为着四十元钱，就去给他们要宝！画的什么广告？什么情火啦，艳史啦，甜蜜啦，真是无耻和肉麻！”

他发的议论我是不回答的。他愤怒起来，好像有人非捉他去作广告员不可。

“你说我们能干那样无聊的事？去他娘的吧！滚蛋吧！”他竟骂起来，跟着他就骂起自己来，“真是混蛋，不知耻的东西，自私的爬虫！”

直到睡觉时他还没忘掉这件事，他还向我说：“你说我们不是自私的爬虫是什么？只怕自己饿死，去画广告。画得好一点，不怕肉麻，多招来一些看情史的，使人们羡慕富丽，使人们一步一步地爬上去……就是这样只怕自己饿死，毒害多少人不管，人是自私的东西……若有人每月给二百元，不是什么都干了吗？我们就是不能够推动历史，也不能站在相反的方面努力败坏历史！”他讲得使我也感动了。并且声音不自知的越讲越大，他已经开始更细的分析自己……

“你要小点声啊，房东那屋里常常有日本朋友来。”我说。

又是一天，我们在“中央大街”闲荡着，很瘦很高的老秦在他肩上拍了一下。冬天下午三四点钟时已经快要黄昏了，阳光仅仅留在楼顶，渐渐微弱下来，街路完全在晚风中，就是行人道上也有被吹起的霜雪扫着人们的腿。

冬天在行人道上遇见朋友总是不把手套脱下来就握手的。那人的手套大概很凉吧，我见郎华的赤手握了一下就抽回来。

我低下头去，顺便看到老秦的大皮鞋上撒着红绿的小斑点。

“你的鞋上怎么有颜料？”

他说他到电影院去画广告了。他又指给我们电影院就是眼前那个，他说：“我的事情很忙，四点钟下班，五点钟就要去画广告。你们可以不可以帮我一点忙？”

听了这话郎华和我都没有回答。

“五点钟我在卖票的地方等你们，你们一进门就能看见我。”老秦走开了。

晚饭吃的烤饼，差不多每张饼都是半生就吃下的，为着忙也没有到桌子上去吃，就围在炉边吃的。他的脸被火烤得通红。我是站着吃的，看一看新买的小表五点了，所以连汤锅也没有盖起我们就走出了，汤在火炉板上蒸着气。

不用说我是连一口汤也没喝，郎华已跑在我的前面。我一面弄好头上的帽子一面追随着他。才要走出大门时，忽然想起火炉旁还堆着一堆木柴，怕着了火，又回去看了一趟。等我再出来的时候他已跑到街口去了。

他说我：“做饭也不晓得快做！摸索，你看晚了吧！女人就会摸索，女人就能耽误事！”

可笑的内心起着矛盾。这行业不是干不得吗？怎么跑得这样快呢？他抢着我跨进电影院的门去。我看他矛盾的样子，好像他的后脑勺也在起着矛盾，我几乎笑出来跟着他进去了。

不知俄国人还是英国人，总之是大鼻子站在售票处卖票。

问他老秦，他说不知道。问别人又不知道哪个人是电影院的人。等了半个钟头也不见老秦，又只好回家了。

他的学说一到家就生出来，照样生出来："去他娘的吧！都是你愿意去。那不成，那不成啊！人这自私的东西，多碰几个钉子也对。"

他到别处去了，留我一个人在家。

"你们怎不去找找？"老秦一边脱着他的皮帽一边说。

"还到哪里找去？等了半点钟也看不到你！"

"我们一同走吧。郎华呢？"

"他出去了。"

"那么我们先走吧。你就是帮我忙，每月四十元，你二十，我二十，均分。"

在广告牌子前站到十点钟才回来。郎华找我两次也没有找到，所以他正在房中生气。

这一夜，我和他就吵了半夜。他去买酒喝，我也抢着喝了一半，哭了，两个人都哭了。他醉了以后在地板上嚷着说："一看到职业，什么也不管就跑了，有职业，爱人也不要了！"

我是个很坏的女人吗？只为了二十元钱，把爱人气得在地板上滚着！醉酒的心像有火烧，像有开水在滚，就是哭也不知道为什么要哭，已经失去了理智。他也和我同样。

第二天酒醒，是星期日。他同我去画了一天的广告。我是老秦的副手，他是我的副手。

第三天就没有去，电影院另请了别人。

广告员的梦到底做成了，但到底是碎了。

# 新　识

太寂寞了，“北国”人人感到寂寞。一群人组织一个画会，大概是我提议的吧！又组织一个剧团，第一次参加讨论剧团事务的人有十几个，是借民众教育馆阅报室讨论的。其中有一个脸色很白，多少有一点像政客的人，下午就到他家去继续讨论。许久没有到过这样暖和的屋子，壁炉很热，阳光晒在我的头上；明亮而暖和的屋子使我感到热了！第二天是个假日，大家又到他家去。那是夜了，在窗子外边透过玻璃的白霜，幌幌荡荡的一些人在屋里闪动，同时阵阵起着高笑。我们打门的声音几乎没有人听到，后来把手放重一些，但是仍没有人听到，后来去敲玻璃窗片，这回立刻从纱窗帘现出一个灰色的影子，那影子用手指在窗上抹了一下，黑色的眼睛出现在小洞。于是声音同人一起来在过道了。

“郎华来了，郎华来了！”开了门，一面笑着一面握手。

虽然是新识，但非常熟识了！我们在客厅门外除了外套，差不多挂衣服的钩子都将挂满。

“我们来得晚了吧！”

“不算晚，不算晚，还有没到的呢！”

客厅的台灯也开起来，几个人围在灯下读剧本。还有一个从前的同学也在读剧本，她的背靠着炉壁，淡黄色，有一点闪光的炉壁衬在背后，她黑的作着曲卷的头发就要散到肩上去。她演剧一般地在读剧本。她波状的头发和充分作着圆形的肩停在淡黄色的壁炉前是一幅完成的少妇美丽的剪影。

她一看到我就不读剧本了！我们两个靠着墙，无秩序的谈了些话。研究着壁上嵌在大框子里的油画。我受冻的脚遇到了热在鞋里面作痒。这是我自己的事，努力忍着好了！

客厅中那么许多人都是生人。大家一起喝茶，吃瓜子。这家的主人来来往往的走，他很像一个主人的样子，他讲话的姿式很温和，面孔带着敬意，并且他时时整理他的上衣，挺一挺胸，直一直胳臂，他的领结不知整理多少次，这一切表示个主人的样子。

客厅每一个角落有一张门，可以通到三个另外的小屋去，其余的一张门是通过道的。就从一个门中走出一个穿皮外衣的女人，转了一个弯她走出客厅去了。

我正在台灯下读着一个剧本时，听到郎华和什么人静悄悄在讲话。看去是一个胖军官样的人和郎华对面立着。他们走到客厅中央圆桌的地方坐下来，他们的谈话我听不懂，什么“炮二队”“第九期，第八期”，又是什么人，我从未听见过的名字郎华说出来，那人也说，总之很稀奇。不但我感到稀奇，为着这样生疏的术语，所有客厅中的人都静肃了一下。

从右角的门扇走出一个小女人来，虽然穿的高跟鞋，但她像个小“蒙古”，胖人站起来说：

“这是我的女人！”

郎华也把我叫过去，照样也说给他们，这样一来我就可以坐在旁边细听他们的讲话了！

走在回家的路上，郎华告诉我：

“那个是我的同学啊！”

电车不住地响着铃子，冒着绿火，半面月亮升起在西天，街角卖豆浆的灯火好像个小萤虫，卖浆人守着他渐渐冷却的浆锅寞寞打转，夜深了！夜深了。

# 牵牛房

还不到三天，剧团就完结了！很高的一堆剧本剩在桌子上面。感到这屋子广大了一些，冷了一些。

“他们也来过，我对他们说这个地方常常有一大群人出来进去是不行啊！日本子这几天在‘道外’捕去很多工人。像我们这剧团……不管我们是剧团是什么，日本子要知道那就不好办……”

结果是什么意思呢？就说剧团是完了！我们站起来要走，觉得剧团都完了，再没有什么停留的必要，很伤心似的。后来郎华的胖友人出去买瓜子，我们才坐下来吃着瓜子。

厨房有家具响，大概这是吃夜饭的时候。我们站起来快快地走了。他们说：

“也来吃饭吧！不要走，不要客气。”

我们说：“不客气，不客气。”其实才是客气呢！胖朋友的女人，就是那个我所说的小“蒙古”，她几乎是来拉我。

“吃过了，吃过了！”欺骗着自己的肚子跑出来，感到非常空虚，剧团也没有了，走路也无力了。

“真没意思，白跑了这些次，我头疼了咧！”

“你快点走，走得这样慢！”郎华说。

使我不耐烦的倒不十分是剧团的事情，因为是饿了！我一定知道家里一点什么吃的东西也没有。

因为没有去处，以后常到那地方去闲坐，第四次到他家去闲坐正是新年的前夜，主人约我们到他家过年，其余新识的那一群也都欢迎我们在一起玩玩。有的说：

“‘牵牛房’又牵来两头牛！”

有人无理由的大笑起来，“牵牛房”是什么意思，我不能解释。

“夏天窗前满种着牵牛花，种得太多啦！爬满了窗门，因为这个叫牵牛房！”主人大声笑着给我们讲了一遍。

“那么把人为什么称做牛呢？”还太生疏，我没有说这话。

不管怎样玩怎样闹，总是各人有各人的立场。女仆出去买松子，拿着三角钱，这钱好像是我的一样，非常觉得可惜，我急得要颤栗了！就像那女仆把钱去丢掉一样。“多余呀！多余呀！吃松子做什么！不要吃吧！不要吃那样没用的东西吧！”这话我都没有说，我知道说这话还不是地方。等一会虽然我也吃着，但我一定不同别人那样感到趣味，别人是吃着玩，我是吃着充饥！所以一个跟着一个咽下它，毫没有留在舌头上尝一尝滋味的时间。

回到家来才把这可笑的话告诉郎华。他也说他不觉地吃了很多松子，他也说他像吃饭一样吃松子。

起先我很奇怪，两人的感觉怎么这样相同呢？其实一点也不奇怪，因为饿，才把两个人的感觉弄得一致的。

# 十元钞票

在绿色的灯下，人们跳着舞，狂欢着，有的抱着椅子跳。胖朋友他也丢开风琴，从角落扭转出来，他扭到混杂的一堆人去，但并不消灭在人中，因为他胖，同时也因为他跳舞做着怪样，他十分不协调的在跳的两腿扭颤得发着疯。他故意妨害别人，最终他把别人都弄散开去，地板中央只留下一个流汗的胖子。人们怎样大笑他不管。

“老牛跳得好！”人们向他招呼。

他不听这些，他不是跳舞，他是乱跳瞎跳，他完全胡闹，他蠢得和猪和蟹子那般。

红灯开起来，扭扭转转的那一些绿色的人变红起来。红灯带来另一种趣味，红灯带给人们更热心的胡闹。瘦高的老桐扮了一个女相和胖朋友跳舞。女人们笑得流泪了！直不起腰了！但是胖朋友仍是一拐一拐。他的女舞伴在他的手臂中也是谐和的把头一扭一拐，扭得太丑、太愚蠢，几乎要把头扭掉，要把腰扭断，但是他还扭，好像很不要脸似的，一点也不知羞似的，那满脸的红胭脂呵！那满脸丑恶得到妙处的笑容！

第二次老桐又跑去化装，出来时，头上是包一张红布，脖子后拖着很硬的但有点颤动的棍状的东西，那是用红布扎起来的，扫帚把柄的样子生在他的脑后。又是跳舞，每跳一下脑后的小尾巴就随着颤动一下。

跳舞结束了，人们开始吃苹果，吃糖，吃茶。就是吃也没有个吃的样子！有人说：

“我能整吞一个苹果。”

“你不能，你若能整吞个苹果，我就能整吞一个活猪！”另一个说。

自然苹果也没有吞，猪也没有吞。

外面对门那家锁着的大狗，锁链子在动响，腊月开始严寒起来，狗冻得小声吼叫着。

带颜色的灯闭起来，因为没有颜色的刺激，人们暂时安定了一刻。为了过于兴奋的缘故，我感到疲乏，也许人人感到疲乏。大家都安定下来，都像复了人的本性。

小“电驴子”从马路秃秃的跑过，又是日本宪兵在巡逻吧！可是没有人害怕，人们对于日本宪兵的印象还浅。

“玩呀！乐呀！”第一个站起的人说。

“不乐白不乐，今朝有酒今朝醉……”大个子老桐也说。

胖朋友的女人拿一封信送到我的手里：

“这信你到家去看好啦！”

郎华来到我的旁边也不知道这是什么意思，我就把信放到衣袋中。

只要一走出屋门，寒风立刻刮到人们的脸，外衣的领子竖起来，显然郎华的夹外套是感到冷，但是他说：“不冷。”



一同出来的人都讲着过旧年时比这更有趣味，那一些趣味早从我们跳开去，我想我有点饿，回家可吃什么？于是别的人再讲什么，我听不到了！郎华也冷了吧，他拉着我走向前面，越走越快了，使我们和那些人远远的分开。

在蜡烛旁忍着脚痛看那封信，信里边十元钞票露出来。

夜是如此静了，小狗在房后吼叫。

第二天，一些朋友来约我们到“牵牛房”去吃夜饭。果然吃得很好，这样的饱餐非常觉得不多得，有鱼，有肉，有很好滋味的汤。又是玩到半夜才回来。这次我走路时很起劲，饿了也不怕，到家有十元票子在等我。我特别充实地迈着大步，寒风不能打击我。“新城大街”，“中央大街”，行人很稀少了！人走在行人道好像没有挂掌的马走在冰面，很小心的，然而时时要跌倒。店铺的铁门关得紧紧，里面无光了，街灯和警察还存在，警察和垃圾箱似的失去了威权，他背上的枪提醒着他的职务，若不然我看他会依着电线柱睡着的。再走就快到“商市街”了！然而今夜我还没有走够，马迭尔旅馆门前的大时钟孤独的挂着。向北望去松花江就是这条街的尽头。

我的勇气一直到“商市街”口还没消灭，脑中，心中，脊背上，腿上，似乎各处有一张十元票子，我被十元票子鼓励得浅浮得可笑了。

是叫化子吧！起着哼声在街的那面在移动。我想他没有十元票子吧！

铁门用钥匙打开，我们走进院去，但我仍听得到叫化子的哼声……

# 同命运的小鱼



我们的小鱼死了。它从盆中跳出来死的。

我后悔，为什么要出去那么久！为什么只贪图自己的快乐而把小鱼干死了！

那天鱼放到水盆中去洗的时候，有两条又活了，在水中立起身来。那么只用那三条死的来烧菜。鱼鳞一片一片的掀掉，沉到水盆底去，肚子剥开，肠子流出来。我只管掀掉鱼鳞，我还没有洗过鱼，这是试着干，所以有点害怕，并且冰凉的鱼的身子，我总会联想到蛇，剥鱼肚子，我更不敢了。郎华剥着，我就在旁边看，然而看也有点躲躲闪闪，好像乡下没有教养的孩子怕着已死的猫会还魂一般地。

“你看你这个无用的，连鱼都怕。”说着，他把已经收拾干净的鱼放下，又剥第二个鱼肚子。这回鱼有点动，我连忙扯了他的肩膀一下：“鱼活啦，鱼活啦！”

“什么活啦！神经质的人，你就看着好啦！”他争强一般在鱼肚子上划了一刀，鱼立刻跳动起来，从手上跳下水盆去。

“怎么办哪？”这回他向我说了。我也不知道怎么办。他从水中摸出来看看，好像鱼会咬了他的手，马上又丢下水去。鱼的肠子流在外面一半，鱼是死了。

“反正也是死啦，那就吃了它。”

鱼再被拿到手上，一些也不动弹。他又安然地把它收拾干净。直到第三条鱼收拾完，我都是守候在旁边，怕看，又想看。第三条鱼是完全死的，没有动。盆中更小的一条很活泼了，要在盆中转圈。另一条怕是要死，立起不多时又横在水面。

大炉的铁板热起来，我的脸感觉烤痛时，锅中的油翻着花。鱼就在大炉台的菜板上，就要放到油锅里去。我跑到二层门去拿油瓶，听得厨房里有什么东西跳起来，噼噼啪啪的。他也来看。盆中的鱼仍在游着，那么菜板上的鱼活了，没有肚子的鱼活了，尾巴仍打得菜板很响。

这时我不知该怎么样做，我怕看那悲惨的东西。躲到门口，我想：不吃这鱼吧。然而它已经没有肚子了，可怎样再活？我的眼泪都跑上眼睛来，再不能看了。我转过身去，面向着窗子。窗外的小狗正在追逐那红毛鸡，房东的使女小菊挨过打以后到墙根处去哭……

这是凶残的世界，失去了人性的世界，用暴力毁灭了它吧！毁灭了这些失去了人性的东西！

晚饭的鱼是吃的，可是很腥，我们吃得很少，全部丢到垃圾箱去。

剩下来两条活的就在盆里游泳，夜间睡醒时，听见厨房里有乓乓的水声。点起洋烛去看一下。可是我不敢去，叫郎华去看。

“盆里的鱼死了一条，另一条鱼在游水响……”

到早晨，用报纸把它包起来，丢到垃圾箱去。只剩一条在水中上下游着，又为它换了一盆水，早饭时又丢了一些饭粒给它。

小鱼两天都是快活的，到第三天忧郁起来，看了几次它都是沉到盆底。

“小鱼都不吃食啦，大概要死吧？”我告诉郎华。

他敲一下盆沿，小鱼走动两步，再敲一下，再走动两步……不敲，它就不走，它就沉下去。

又过一天，小鱼的尾巴也不摇了，就是敲盆沿，它也不动一动尾巴。

“把它送到江里一定能好，不会死。它一定是感到不自由才忧愁起来！”

“怎么送呢？大江还没有开冻，就是能找到一个冰洞把它塞下去，我看也要冻死，再不然也要饿死。”我说。

郎华笑了。他说我像玩鸟的人一样，把鸟放在笼子里，给它米子吃，就说它没有悲哀了，就说比在山里好得多，不会冻死，不会饿死。

“有谁不爱自由呢？海洋爱自由，野兽爱自由，昆虫也爱自由。”郎华又敲了一下水盆。

小鱼只悲哀了两天，又畅快起来，尾巴打着水响。我每天在大炉旁边烧饭，一边看着它，好像生过病又好起来的自己的孩子似的，更珍贵一点，更爱惜一点。天真太冷，打算过了冷天就把它放到江里去。

我们每夜到朋友那里去玩，小鱼就自己在厨房里过个整夜。它什么也不知道，它也不怕猫会把它攫了去，它也不怕耗子会使它惊跳。我们半夜回来也要看看，它总是安安然然地游着。家里没有猫，所以知道没有危险。

又一天就在朋友那里过的夜，终夜是跳舞，唱戏。明天晚上才回来，时间太长了，我们的小鱼死了！

第一步踏进门的是郎华，差一点没踏碎那小鱼。点起洋烛去看，还有一点呼吸，腮还轻轻抽着。我去摸它身上的鳞，都干了。小鱼是什么时候跳出水的？是半夜？是黄昏？耗子惊了你，还是你听到了猫叫？

蜡油滴了满地，我举着蜡烛的手，不知歪斜到什么程度。

屏着呼吸，我把鱼从地板上拾起来，再慢慢把它送到水里，好像亲手让我完成一件丧仪。沉重的悲哀压住了我的头，寒颤了我的手。

短命的小鱼死了！是谁把你摧残死的？你还那样幼小，来到世界——说你来到鱼群吧，在鱼群中你还是幼芽一般正应该生长的，可是你死了！

郎华出去了，把空漠的屋子留给我。他回来时正在开门，我就赶上去说：“小鱼没死，小鱼又活啦！”我一面拍着手，眼泪就要流出来。我到桌子上去取蜡烛。他敲着盆沿，没有动，鱼又不动了。

“怎么又不会动了？”手到水里去把鱼立起来，可是它又横过去。

“站起来吧。你看蜡油啊！……”他拉我离开盆边。

小鱼这回是真死了！可是过一会又活了。这回我们相信小鱼绝对不会死，离开水的时间太长，复一复原就会好的。

半夜郎华起来看，说它一点也不动了，但是不怕，那一定是又在休息。我招呼郎华不要动它，小鱼在养病，不要搅扰它。

亮天看它还在休息，吃过早饭看它还在休息。又把饭粒丢到盆中。我的脚踏起地板来也放轻些，只怕把它惊醒，我说小鱼是在睡觉。

这睡觉就再没有醒。我用报纸包它起来，鱼鳞沁着血，一只眼睛一定是在地板上挣跳时弄破的。

就这样吧，我送它到垃圾箱去。

# 几个欢快的日子

人们跳着舞，“牵牛房”那一些人们每夜跳舞。过旧年那夜，他们就在茶桌上摆起大红蜡烛，他们模仿着供财神，拜祖宗。灵秋穿起紫红绸袍、黄马褂，腰中配着黄腰带，他第一个跪到神桌前。老桐又是他那一套，穿起灵秋太太瘦小的旗袍，长短到膝盖以上，大红的脸，脑后又是用红布包起扫帚把柄样的东西，他跑到灵秋旁边，他们俩是一致的，每磕一下头，口里就自己喊一声口号：一、二、三……不倒翁样不能自主的倒下又起来。后来就在地板上烘起火来，说是过年都是烧纸的……这套把戏玩得熟了，惯了！不是过年，也每天来这一套，人们看得厌了！对于这事冷淡下来，没有人去大笑，于是又变一套把戏：捉迷藏。

客厅是个捉迷藏的地盘，四下窜走，桌子底下蹲着人，椅子倒过来扣在头上顶着跑，电灯泡碎了一个。蒙住眼睛的人受着大家的玩戏，在那昏庸的头上摸一下，在那分张的两手上打一下。有各种各样的叫声，蛤蟆叫，狗叫，猪叫，还有人在装哭。要想捉住一个很不容易，从客厅的四个门，会跑到那些小屋去，有时瞎子就摸到小屋去，从门后扯出一个来，也有时误捉了灵秋的小孩。虽然说不准向小屋跑，但总是跑。后一次瞎子摸到王女士的门扇。

“那门不好进去。”有人要告诉他。

“看着，看着，不要吵嚷！”又有人说。

全屋静下来，人们觉得有什么奇迹要发生。瞎人的手接触到门扇，他触到门上的铜环响，眼看他就要进去把王女士捉出来，每人心里都想着这个：看他怎样捉啊！

“谁呀！谁？请进来！”跟着很脆的声音开门来迎接客人了！以为她的朋友来访她。

小浪一般冲过去的笑声，使摸门的人脸上的罩布脱掉了，红了脸。王女士笑着关了门。

玩得厌了！大家就坐下来喝茶，不知从什么瞎说上又拉到正经问题上去。于是“做人”这个问题使大家都兴奋起来。

——怎样是“人”，怎样不是“人”？

“没有感情的人不是人。”

“没有勇气的人不是人。”

“冷血动物不是人。”

“残忍的人不是人。”

“有人性的人才是人。”

“…………”

每个人都会规定怎样做人。有的人他要说出两种不同做人的标准。起首是坐着说，后来站起来说，有的也要跳起来说。

“人是情感的动物，没有情感就不能生出同情，没有同情那就是自私，为己……结果是互相杀害，那就不是人。”那人的眼睛张得很圆，表示他的理由充足，表示他把人的定义下得准确。

“你说的不对，什么同情不同情，就没有同情，中国人就是冷血动物，中国人就不是人。”第一个又站了起来，这个人他不常说话，偶然说一句，使人很注意。

说完了，他自己先红了脸，他是山东人，老桐学着他的山东调：

“老猛（孟），你使（是）人不使（是）人？”

许多人爱和老孟开玩笑，因为他老实，人们说他像个大姑娘。

“浪漫诗人”，是老桐的绰号。他好喝酒，让他做诗不用笔就能一套连着一套，连想也不用想一下。他看到什么就给什么做个诗；朋友来了他也作诗：

“梆梆梆，敲门响，呀！何人来了？”

总之，就是猫和狗打架，你若问他，他也有诗，他不喜欢谈论什么人啦！社会啦！他躲开正在为了“人”而吵叫的茶桌，摸到一本唐诗在读：

“——昨日之……日不可留……今日之日……多……烦……忧”，读得有腔有调，他用意就在打搅吵叫的一群。郎华正在高叫着：

“不剥削人，不被人剥削的就是人。”

老桐读诗也感到无味。

“走！走啊！我们喝酒去。”

他看一看只有灵秋同意他，所以他又说：

“走，走，喝酒去。我请客……”

客也请完了！差不多都是醉着回来。郎华反反复复的唱着半段歌，是维特别离绿蒂的故事，人人喜欢听，也学着唱。

听到哭声了！正像绿蒂一般年轻的姑娘被歌声引动着，哪能不哭？是谁哭？就是王女士。单身的男人在客厅中也被引动了，倒不是被歌声引动，而是被少女的明脆而好听的哭声所引动，非在地心不住地打着转。尤其是老桐，他贪婪的耳朵几乎竖起来，脖子一定更长了一点，他到门边去听……他故意说：

“哭什么？真没意思！”

其实老桐感到很有意思，所以他听了又听，说了又说：“没意思。”

不到几天老桐和那女士恋爱了！那女士也和大家熟识

了！也到客厅来和大家一道跳舞。从那时起老桐的胡闹也是高等的胡闹了！

在王女士面前他耻于再把红布包在头上，当灵秋叫他去跳滑稽舞的时候，他说：

“我不跳啦！”一点兴致也不表示。

等王女士从箱子里把粉红色的面纱取出来：

“谁来当小姑娘，我给他化妆。”

“我来，我……我来……”老桐他怎能像个小姑娘？他像个长颈鹿似的跑过去。

他自己觉得很好的样子，虽然是胡闹，也总算是高等的胡闹。头上顶着面纱，规规矩矩地，平平静静地在地板上动着步。但给人的感觉无异于他脑后的颤动着红扫帚柄的感觉。

别的单身汉，就开始羡慕幸福的老桐。可是老桐的幸福还没十分摸到，那女士已经和别人恋爱了！

所以“浪漫诗人”就开始做诗。正是这时候他失一次盗，丢掉他的毛毯，所以他就做诗“哭毛毯”。哭毛毯的诗做得很多，过几天来一套，过几天来一套。朋友们看到他就问：

“你的毛毯哭得怎样了？”

# 女教师

一个初中学生，拿着书本来到家里上课，郎华一大声开讲，我就躲到厨房里去。第二天那个学生又来就没拿书，他说他父亲不许他读白话文，打算让他做商人，说白话文没有用，读古文他父亲供给学费，读白话文他父亲就不管。

最后他从口袋摸出一张一元票子给郎华。

“很对不起先生，我读一天书，就给一元钱吧！”那学生很难过的样子，他说他不愿意学买卖。手拿着钱，他要哭似的。

郎华和我同时觉得很不好过，临走时强迫把他的钱给他装进衣袋。

郎华的两个读中学课本的学生也不读了！

他实在不善于这行业，到现在我们的生命线又断尽。胖朋友刚搬过家，我就拿了一张郎华写的条子到他家去，回来时我是带着米、面、木柈，还有几角钱。

我眼睛不住的盯住那马车，怕那车夫拉了木柈跑掉。所以我手下提着用纸盒盛着的米，为了我在快走而震摇着，又怕小面袋从车上翻下来，赶忙跑到车前去弄一弄。

听见马的铃铛响，郎华才出来！这一些东西很使他欢乐，亲切地把小面袋先拿进屋去。他穿着很单的衣裳，就在窗前摆堆着木柈。

“进来暖一暖再出去……冻着！”可是招呼不住他，始终摆完才进来。

“天真够冷。”他用手扯住很红的耳朵。

他又呵着气跑出去，他想把火炉点着，这是他第一次点火。

“柈子真不少，够烧五六天啦！米面也够吃五六天，又不怕啦！”

他弄着火，我就洗米烧饭。他又说了一些看见米面时特有高兴的话，我简直没理他。

米面就这样早饭晚饭的又快不见了，这就到我做女教师的时候了！

我也把桌子上铺了一块报纸，开讲的时候也是很大的声，郎华一看，我就要笑，他也是常常躲到厨房去。我的女学生，她读小学课本，什么猪啦、羊啦、狗啦，这一类字都不用我教她，她抢着自己念：“我认识，我认识！”

不管在什么地方碰到她认识的字，她就先一个一个念出来，不让她念也不行，因为她比我的岁数还大，我总有点不好意思。

她先拿给我五元钱，并说：

“过几天我再交那五元。”

四五天她没有来，以为她不会再来了。那天我正在烧晚饭，她跑来。她说她这几天生病。我看她不像生病，那么她又来做什么呢？过了好久，她站在我的身边：

“先生，我有点事求求你！”

“什么事？说吧——”我把葱花加到油里去炸。

她的纸单在手心握得很热，交给我；这是药方吗？信吗？都不是。

借着炉台上那个流着油的小蜡烛看，看不清，怕是再点两支蜡烛我也看不清，因为我不认识那样的字。

“这是《易经》上的字！”郎华看了好些时才说。

“我批了个八字，找了好些人也看不懂，我想先生是很有学问的人，我拿来给先生看看。”

这次她走去，再也没有来，大概她觉得这样的先生教不了她，连个“八字”也说不出所以然来！

# 春意挂上了树梢

三月，花还没有开，人们嗅不到花香，只是马路上融化了积雪的泥泞干起来。天空打起朦胧的多有春意的云彩，暖风和轻纱一般浮动在街道上、院宇里。春末了，关外的人们才知道春来。春是来了，街头的白杨树穿着芽，拖马车的马冒着气，马车夫们的大毡靴也不见了，行人道上外国女人的脚又从长筒套鞋里显现出来。笑声，见面打招呼声，又复活在行人道上。商店为着快快地传播春天的感觉，饰窗里的花已经开了，草也绿了，那是布置着公园的夏景。我看得很凝神的时候有人撞了我一下，是汪林，她也戴着那样小沿的帽子。

"天真暖啦！走路都有点热。"

看着她转过"商市街"，我们才来到另一家店铺，并不是买什么，只是看看，同时晒晒太阳。这样好的行人道，有树，也有椅子，坐在椅子上把眼睛闭起，一切春的梦，春的谜，春的暖力……这一切把自己完全陷进去。

听着，听着吧！春在歌唱……

“大爷大奶奶……帮帮吧……”这是什么歌呢，从背后来的？这不是春天的歌吧！

那个叫化子嘴里吃着个烂梨，一条腿和一只脚肿得把另一只显得好像不存在似的。



“我的腿冻坏啦！大爷帮帮吧！唉唉……”

有谁还记得冬天？阳光这样暖了！街树穿着芽！

手风琴在隔道唱起来，这也不是春天的调子，只要一看到那个瞎人为着拉琴而扭歪的头，就觉得很残忍。瞎人他摸不到春天，他没有眼睛。坏了腿的人，他走不到春天，他有腿也等于无腿。世界上这一些不幸的人存在着也等于不存在，倒不如赶早把他们消灭掉，免得在春天他们会唱这样难听的歌。

汪林在院心吸着一支烟卷，她又换一套衣裳。那是淡绿色的，和树枝发出的芽一样的颜色。她腋下夹着一封信，看见我们赶忙把信送进衣袋去。

“大概又是情书吧！”郎华随便说着玩笑话。

她跑进屋去了。香烟的烟缕在门外打了一下旋卷才消灭。

夜，春夜，中央大街充满了音乐的夜。流浪人的音乐，日本舞场的音乐，外国饭店的音乐……

七点钟以后，中央大街的中段，在一条横口。那个很响的播音机哇哇得叫起来，这歌声差不多响彻全街。若站在商店的玻璃窗前，会疑心是从玻璃发着震响。一条完全在风雪里寂寞的大街，今天第一次又号叫起来。

外国人！绅士样的，流氓样的，老婆子，少女们，跑了满街……有的连起人排来封闭住商店的窗子，但这只限于年青人。也有的同唱机一样唱起来，但这也只限于年青人。这好像特有的年青人的集会。他们和姑娘们一道说笑，和姑娘们连起排来走。中国人来混在这些卷发人中间少得只有七分之一，或八分之一。但是汪林在其中，我们又遇到她。她和另一个，也和她同样打扮漂亮的，白脸的女人同走……卷发的人用俄国话说她漂亮。她也用俄国话和他们笑了一阵。

中央大街的南端，人渐渐稀疏了。

墙根，转角，都发现着哀哭，老头子，孩子，母亲们……哀哭着的是永久被人间遗弃的人们！

那边，还望得见那边快乐的人群。还听得见那边快乐的声音。

三月，花还没有开，人们嗅不到花香。

夜的街，树枝上嫩绿的芽子看不见，是冬天吧？是秋天吧？但快乐的人们不问四季总是快乐，哀哭的人们不问四季也总是哀哭！

# 小偷车夫和老头



木柈车在石路上发着隆隆的重响。出了木柈场，这满车的木柈使老马拉得吃力了！但不能满足我，大木柈堆对于这一车木柈直像在牛背上拔了一颗毛，我好像嫌这柈子太少。

“丢了两块木柈哩！小偷来抢的，没看见？要好好看着，小偷常偷柈子……十块八块也能丢。”

我被车夫提醒了！觉得一块木柈也不该丢，木柈对我才恢复了它的重要性。小偷眼睛发着光又来抢时，车夫在招呼我们：

“来了啊！又来啦！”

郎华招呼一声，那竖着头发的人跑了！

“这些东西顶没有脸，拉两块就得啦吧！贪多不厌，把这一车都送给你好不好？……”打着鞭子的车夫反复地在说那个小偷的坏话，说他贪多不厌。

在院心把木柈一块块推下车来，那还没有推完，车夫就不再动手了！把车钱给了他，他才说："先生，这两块给我吧！拉家去好烘火，孩子小，屋子又冷。"

"好吧！你拉走吧！"我看一看那是五块顶大的他留在车上。

这时候他又弯下腰去，弄一些碎的，把一些木皮扬上车去，而后拉起马来走了。但他对他自己并没说贪多不厌，别的坏话也没说，跑出大门道去了。

只要有木柈车进院，铁门栏外就有人向院里看着问："柈子拉（锯）不拉？"

那些人带着锯，有两个老头也扒着门扇。

这些柈子就讲妥归两个老头来锯，老头有了工作在眼前，才对那个伙伴说：

"吃点么？"

我去买给他们面包吃。

柈子拉完又送到柈子房去。整个下午我不能安定下来，好像我从未见过木柈，木柈给我这样的大欢喜，使我坐也坐不定，一会跑出去看看。最末老头子把院子扫得干干净净的了！这时候我给他工钱。

我先用碎木皮来烘着火。夜晚在三月里也是冷一点，玻璃窗上挂着蒸气。没有燃灯，炉火颗颗星星的发着爆炸，炉门打开着，火光照红我的脸，我感到例外的安宁。

我又到窗外去拾木皮，我吃惊了！老头子的斧子和锯都背好在肩上，另一个背着架桦子的木架，可是他们还没有走，这许多的时候，为什么不走呢？

“太太，多给了钱吧？”

“怎么多给的！不多，七角五分不是吗？”

“太太，吃面包钱没有扣去！”那几角工钱，老头子并没放入衣袋，仍呈在他的手上，他借着离得很远的门灯在考察钱数。

我说：“吃面包不要钱，拿着走吧！”

“谢谢，太太。”感恩似的他们转过身去走了，觉得吃面包是我的恩情。

我愧得立刻心上烧起来，望着那两个背影停了好久，羞恨的眼泪就要流出来。已经是祖父的年纪了，吃块面包还要感恩吗？

# 公　园

树叶摇摇曳曳的挂满了池边。一个半胖的人走在桥上，他是一个报社的编辑。

“你们来多久啦？”他一看到我们两个在长石凳上就说，“多幸福，像你们多幸福，两个人逛逛公园……”

“坐在这里吧。”郎华招呼他。

我很快地让一个位置，但他没有坐，他的鞋底无意的踢撞着石子，身边的树叶让他扯掉两片。他更烦恼了，比前些日子看见他更有点两样。

“你忙吗？稿子多不多？”

“忙什么！一天到晚就是那一点事，发下稿子去就完，连大样子也不看。忙什么，忙着幻想！”

“幻想什么？……这几天有信吗？”郎华问他。

“什么信！那……一点意思也没有，恋爱对于胆小的人是一种刑罚。”

让他坐下，他故意不坐下，没有人让他，他自己会坐下。于是他又用手拔着脚下的短草。他满脸似乎蒙着灰色。

“要恋爱，那就大大方方的恋爱，何必受罪？”郎华摇一下头。

一个小信封，小得有些神秘意味的，从他的口袋里拔出来，拔着蝴蝶或是什么会飞的虫儿一样，他要把那信给郎华看，结果只是他自己把头歪了歪，那信又放进了衣袋。

“爱情是苦的呢，是甜的？我还没有爱她，对不对？家里来信说我母亲死了那天，我失眠了一夜，可是第二天就恢复了。为什么她……她使我不安会整天，整夜？才通信两个礼拜，我觉得我的头发也脱落了不少，嘴上的小胡也增多了。”

当我们站起要离开公园时，又来一个熟人：“我烦忧啊！我烦忧啊！”像唱着一般说。

我和郎华踏上木桥了，回头望时，那小树丛中的人影也像对那个新来的人说：

“我烦忧啊！我烦忧啊！”

我每天早晨看报先看文艺栏，这一天，有编者的说话：

——摩登女子的口红，我看正相同于“血”。资产阶级的小姐们怎样活着的？不是吃血活着吗？不能否认，那是个鲜明的标记。人涂着人的“血”在嘴上，那是污浊的嘴，嘴上带着血腥和血色，那是污浊的标记。

我心中很佩服他，因为他来得很干脆。我一面读报一面走到院子里去，晒一晒清晨的太阳。汪林也在读报。

“汪林，起得很早！”

“你看，这一段，什么小姐不小姐，‘血’不‘血’的！这骂的是谁！”

那天郎华把他做编辑的朋友领到家里来，是带着酒和菜回来的，郎华说他朋友的女友到别处去进大学了。于是喝酒，我是帮闲喝，郎华是劝朋友。至于被劝的那个朋友呢？他嘴里哼着京调，哼得很难听。

和我们的窗子相对的是汪林的窗子。里面胡琴响了。那是汪林拉的胡琴。

天气开始热了，趁着太阳还没走到正空，汪林在窗下长凳上洗衣服。

编辑朋友来了，郎华不在家，他就在院心里来回走转，可是郎华还没有回来。

“自己洗衣服，很热吧！”

“自己洗得干净。”汪林手里拿着肥皂答他。

郎华还不回来，他走了。

# 夏　夜

汪林在院心坐了很长的时间了。小狗在她的脚下打着滚睡。

“你怎么样？我胳臂疼。”

“你要小点声说，我妈会听见。”

我抬头看，她的母亲在纱窗里边，于是我们转了话题。在江上摇船到“太阳岛”去洗澡这些事，她是背着她的母亲的。

第二天她又是去洗澡。我们三个人租一条小船在江上荡着。清凉的，水的气味。郎华和我都唱起来了。汪林的嗓子比我们更高。小船浮得飞起来一般地。

夜晚又是在院心乘凉，我的胳臂为着摇船而痛了，头也觉得发胀。我不能再听那一些话感到趣味。什么恋爱啦，谁的未婚夫怎样啦，某某同学结婚，跳舞……我什么也不听了，只是想睡。

“你们谈吧。我可非睡觉不可。”我向她和郎华告辞。

睡在我脚下的小狗，我误踏了它，小狗还在哽哽地叫着，我就关了门。

最热的几天，差不多天天去洗澡，所以夜夜我早早睡。郎华和汪林就留在暗夜的院宇里。

只要接近着床，我什么全忘了。汪林那红色的嘴，那少女的烦闷……夜夜我不知道郎华什么时候回屋来睡觉。就这样，我不知过了几天了。

“她对我要好，真是……少女们。”

“谁呢？”

“那你还不知道！”

“我还不知道。”我其实知道。

很穷的家庭教师，那样好看的有钱的女人竟向他要好了。

“我坦白地对她说了：我们不能够相爱的，一方面有吟，一方面我们彼此相差得太远……你沉静点吧……”他告诉我。

又要到江上去摇船。那天又多了三个人，汪林也在内。一共是六个人：陈成和他的女人，郎华和我，汪林，还有那个编辑朋友。

停在江边的那一些小船动荡得落叶似的。我们四个跳上了一条船，当然把汪林和半胖的人丢下。他们两个就站在石堤上。本来是很生疏的，因为都是一对一对的，所以我们故意要看他们两个也配成一对。我们的船离岸很远了。

“你们坏呀！你们坏呀！”汪林仍叫着。

为什么骂我们坏呢？那人不是她一个很好的小水手吗？为她荡着桨，有什么不愿意吗？也许汪林和我的感情最好，也许她最愿意和我同船。船荡得那么远了，一切江岸上的声音都已隔绝，江沿上的人影也消灭了轮廓。

水声，浪声，郎华和陈成混合着江声在唱。远远近近的那一些女人的阳伞，这一些船，这一些幸福的船呀！满江上是幸福的船，满江上是幸福了！人间，岸上没有罪恶了罢！

再也听不到汪林的喊。他们的船是脱开，离我们很远了。

郎华故意把桨打起的水星落到我的脸上。船越行越慢，但郎华和陈成流起汗来。桨板打到江心的沙滩了，小船就要搁浅在沙滩上。这两个勇敢的大鱼似的跳下水去，在大江上挽着船行。

一入了湾，把船任意停在什么地方都可以。

我浮水是这样浮的：把头昂在水外，我也移动着，看起来像是在浮，其实手却抓着江底的泥沙，鳄鱼一样，四条腿一起爬着浮。

那只船到来时，听着汪林在叫。很快她脱了衣裳，也和我一样抓着江底在爬，但她是快乐的，爬得很有意思。

在沙滩上滚着的时候，居然很熟识了，她把伞打起来，给她同船的人遮着太阳，她保护着他。陈成扬着沙子飞向他去："陵，着镖吧！"

汪林和陵站了一队用沙子反攻。

我们的船出了湾已行在江上时，他们两个仍在沙滩上走着。

"你们先走吧，看我们谁先上岸。"汪林说。

太阳的热力在江面上开始减低，船是顺水行下去的。他们还没有来，看过多少只船，看过多少柄阳伞，然而没有汪林的阳伞。太阳西沉时，江风很大了，浪也很高，我们有点担心那只船。李说那只船是"迷船"。

四个人在岸上就等着这"迷船"，意想不到的是他们绕着弯子从上游来的。



汪林不骂我们是坏人了，风吹着她的头发，那兴奋的样子，这次摇船好像她比我们得到的快乐更大，更多……

早晨再看报时，编辑居然作诗了。大概就是这样的意思：愿意风把船吹翻，愿意和美人一起沉下江去……

让我这样一说，就没有诗意了。总之，可不是前几天那样的话，什么摩登女子吃"血"活着啦，小姐们的嘴是吃"血"的嘴啦……总之可不是那一套。这套比那套文雅得多，这套说摩登女子是天仙，那套说摩登女子是恶魔。

汪林和郎华在夜间也不那么谈话了。陵编辑一来，她就到我们屋里来，因此陵到我们家来的次数多多了。

"今天早点走……多玩一会，你们在街角等我。"这样的话，汪林再不向我们说了。她用不到约我们去“太阳岛”了。

陵伴着这吃人血的女子在街上走，在电影院里会，他也不怕她会吃他的血，还说什么怕呢，常常在那红色的嘴上接吻，正因为她的嘴和血一样红才可爱。

骂小姐们是恶魔是羡慕的意思，是伸手去攫取怕她逃避的意思。

在街上，汪林的高跟鞋，陵的亮皮鞋咯钉咯钉谐和地响着了。

# 家庭教师是强盗

有个人影在窗子上闪了一下，接着敲了两下窗子，那是汪林的父亲。



什么事情？郎华去了好长时间没回来，半个钟头还没回来！

我拉开门，午觉还没睡醒的样子，一面揉着眼睛一面走出门去。汪林的二姐，面孔白得那样怕人，坐在门前的木台上，林禽（狗名）在院心乱跑，使那坐在木台的白面孔十分生气，她大声想叫住它。汪林也出来了！嘴上的纸烟冒着烟，但没有和我打招呼，也坐在木台上，使女小菊在院心走路也很规矩的样子。

我站在她家客厅窗下，听着郎华在里面不住的说话，看不到人。白纱窗帘罩得很周密，我站在那里不动，……日本人吧！有什么事要发生吧！可是里面没有日本人说话，我并不去问那很不好看的脸色的他们。

为着印册子而来的恐怖吧？没经过检查的小说册被日本人晓得了吧！

“接到一封黑信，说他老师要绑汪玉祥的票。”

我点了点头。再到窗下去听时，里面的声音更听不清了。

“三小姐，开饭啦！”小菊叫她们吃饭。那孩子很留心看我一遍。

过了三四天，汪玉祥被姐姐们看管着不敢到大门口去。

家庭教师真有点像个强盗，谁能保准不是强盗？领子不打领结，没有更多的，只是一件外套，冬天、秋天、春天都穿夹外套。

不知有半月或更多的日子，汪玉祥连我们窗下都不敢来，他家的大人一定告诉他：

“你老师是个不详细的人……”

# 册　子

永远不安定下来的洋烛的火光使眼睛痛了。抄写，抄写……

“几千字了？”

“才三千多。”

“手不疼吗？休息休息吧，别弄坏了眼睛。”郎华打着伸欠到床边，两只手相交着依在头后，背脊靠着铁床的钢骨。我还没停下来，笔尖在纸上做出响声……

纱窗外阵阵起着狗叫，很响的皮鞋，人们的脚步从大门道来近。不自禁的恐怖落在我的心上。

“谁来了，你出去看看。”

郎华开了门，李和陈成进来。他们是剧团的同志，带来的一定是剧本。我没接过来看，让他们随便坐在床边。

“吟真忙，又在写什么？”

“没有写，抄一点什么。”我又拿起笔来抄。

他们的谈话我一句半句的听到一点，我的神经开始不能统一，时时写出错字来，或是丢掉字，或是写重字。

蚊虫啄着我的脚面，后来在灯下作着阵，我才放下不写。

呵呀呀，蚊虫满屋了！门扇仍大开着。一个小狗崽溜走进来，又卷着尾巴跑出去。关起门来，蚊虫仍是飞……我用手搔着作痒的耳边，搔着腿和脚……手指的骨节搔得肿胀起来，这些中了蚊毒的地方，使我已经发酸的手腕不得不停下。我的嘴唇肿得很高，眼边也感到发热和紧涨。这里搔搔，那里搔搔，我的手感到不够用了。



“册子怎么样啦？”李的烟卷在嘴上冒烟。

“只剩这一篇。”郎华回答。

“封面是什么样子？”

“就是等着封面呢……”

第二天我也跟着跑到印刷局去，使我特别高兴，折得很整齐的一帖一帖的都是要完成的册子，比儿时母亲为我制一件新衣裳更觉欢喜。……我又到排铅字的工人旁边，他手下按住的正是一个题目，很大的铅字，方的，带来无限的感情，那正是我的那篇《夜风》。

那天预先吃了一顿外国包子，郎华说他为着册子来敬祝我，所以到柜台前叫那人倒了两小杯“哦特克”酒，我说这是为着册子敬祝他。

被大欢喜追逐着，我们变成小孩子了！走进公园，在大树下乘了一刻凉，觉得公园是满足的地方。望着树梢顶边的天。外国孩子们在地面弄着沙土。因为还是上午，游园的人不多，日本女人撑着伞走。卖“冰淇凌”的小板房里洗刷着杯子。我忽然觉得渴了，但那一排排的、透明的汽水瓶子，并不引诱我们。我还没有养成那样的习惯，在公园还没喝过一次那样东西。

“我们回家去喝水吧。”只有回家去喝冷水，家里的冷水才不要钱。

拉开第一扇门，大草帽被震落下来。喝完了水，我提议戴上大草帽到江边走走。

赤着脚，郎华穿的是短裤，我穿的是小短裙子，向江边出发了。

两个人渔翁似的，时时在沿街玻璃窗上反映着。

“划小船吧，多么好的天气！”到了江边我又提议。

“就剩两角钱……但也可以划，都花了吧！”

择一个船底铺着青草的有两副桨的船。和船夫说明，一点钟一角五分。并没打算洗澡，连洗澡的衣裳也没有穿。船夫给推开了船，我们向江心去了。两副桨翻着，顺水下流，好像江岸在退走。我们不是故意去寻，任意遇到了一个沙洲，有两方丈的沙滩突出江心，郎华勇敢地先跳上沙滩，我胆怯，迟疑着，怕沙洲会沉下江底。

最后洗澡了，就在沙洲上脱掉衣服。郎华是完全脱的。我看了看江沿洗衣人的面孔是辨不出的，那么我借了船身的遮掩才爬下水底把衣服脱掉。我时时靠近沙滩，怕水流把我带走。江浪击撞着船底，我拉住船板，头在水上，身子在水里，水光，天光，离开了人间一般地。当我躺在沙滩晒太阳时，从北面来了一只小划船。我慌张起来，穿衣裳已经来不及，怎么好呢？爬下水去吧！船走过，我又爬上来。

我穿好衣服。郎华还没穿好。他找他的衬衫，他说他的衬衫洗完了就挂在船板上，结果找不到。远处有白色的东西浮着，他想一定是他的衬衫了。划船去追白色的东西，那白东西走得很慢，那是一条鱼，死掉的白色的鱼。

虽然丢了衬衫并不感到可惜，郎华赤着膀子大嚷大笑的把鱼捉上来，大概他觉得在江上能够捉到鱼是一件很有本领的事。

“晚饭就吃这条鱼，你给煎煎它。”

“死鱼不能吃的，大概臭了。”

他赶快把鱼鳃掀给我看：“你看，你看，这样红就会臭的？”

直到上岸，他才静下去。

“我怎么办呢！光着膀子，在中央大街上可怎样走？”他完全静下去了，大概这时候忘了他的鱼。

我跑到家去拿了衣裳回来，满头流着汗，可是他在江沿和码头夫们在一起喝茶了。在那个伞样的布棚下吹着江风。他第一句和我说的话想来是:“你热吧?”

但他不是问我,他先问鱼:“你把鱼放在哪里啦?用凉水泡上没有?”

“五分钱给我!”我要买醋,煎鱼要用醋的。

“一个铜板也没剩,我喝了茶,你不知道?”

被大欢喜追逐着的两个人把所有的钱用掉,把衬衣丢到大江,换得一条死鱼。

等到吃鱼的时候郎华又说:“为着册子我请你吃鱼。”

这是我们创作的一个阶段,最前的一个阶段,册子就是划分这个阶段的东西。

八月十四日,家家准备着过节的那天。我们到印刷局去,自己开始装订,装订了一整天。郎华用拳头打着背,我也感到背痛。

于是郎华跑出去叫来一部斗车,一百本册子提上车去,就在夕阳中马脖子上颠动着很响的铃子走在回家的道上。

家里,地板上摆着册子,朋友们手里拿着册子,谈论也是册子。同时关于册子出了谣言:没收啦!日本宪兵队要逮捕啦!

逮捕可没有逮捕,没收是真的。送到书店去的书,没有几天就被禁止发卖。

# 剧　团

册子带来了恐怖，黄昏时候，我们排完了剧，和剧团那些人出了民众教育馆，恐怖使我对于家有点不安。街灯亮起来，进院，那些人跟在我们后面。门扇、窗子和每日一样安然地关着。我十分放心，知道家中没有来过什么恶物。

失望了，开门的钥匙由郎华带着，于是大家就坐在窗下的楼梯口。李买的香瓜，大家就吃香瓜。

汪林照样吸着烟，她掀起纱窗帘来向我们这边笑了笑。陈成把一个香瓜高举起来。

“不要。”她摇头，隔着玻璃窗说。

我一点趣味也感不到，一直到他们把公演的事情议论完，我想的事情还没停下来。我愿意他们快快走，我好收拾箱子，好像箱子里面藏着什么使我和郎华犯罪的东西。

那些人走了，郎华从床底把箱子拉出来，洋烛立在地板上，我们开始收拾了。弄了满地纸片，什么犯罪的东西也没有。但不敢自信，怕书页里边夹着骂“满洲国”的或是骂什么的字迹，所以每册书都翻了一遍。一切收拾好，箱子是空空洞洞的了。一张高尔基的照片，也把它烧掉。大火炉烧得烤痛人的面孔。我烧得很快，日本宪兵就要来捉人似的。

当我们坐下来喝茶的时候，当然是十分定心了，十分有把握了。一张吸墨纸我无意的玩弄着，我把腰挺得很直，很大方的样子，我的心像被拉满的弓放了下来一般的松适。我细看红铅笔在吸墨纸上写的字，那字正是犯法的字：

——小日本子，走狗，他妈的“满洲国”……——

我连再看一遍也没有看，就送到火炉里边。

“吸墨纸啊！是吸墨纸！”郎华可惜得跺着脚。等他发觉那已开始烧起来了：“那样大一张吸墨纸你烧掉它，烧花眼了？什么都烧，看你用什么！”

他过于可惜那张吸墨纸。我看他那种样子也很生气。吸墨纸重要，还是拿生命去开玩笑重要？

“为着一个虱子烧掉一件棉袄！”郎华骂我，“那你就不会把字剪掉？”

我哪想起来这样做！真傻，为着一块疮疤丢掉一个苹果！

我们把“满洲国”建国纪念明信片摆到桌上，那是朋友送给的，很厚的一打。还有两本上面写着“满洲国”字样的，不知是什么书，连看也没有看也摆起来。桌子上面很有意思：《离骚》《李后主词》《石达开日记》，他当家庭教师用的小学算术教本。一本《世界各国革命史》也从桌子抽下去。郎华说那上面载着日本怎样压迫朝鲜的历史，所以不能摆在外面。我一听说有这种重要性，马上就要去烧掉，我已经站起来了，郎华把我按下："疯了吗？你疯了吗？"

我就一声不响了，一直到灭了灯睡下，连呼吸也不能呼吸似的。在黑暗中我把眼睛张得很大。院中的狗叫声也多起来。大门扇响得也厉害了。总之，一切能发声的东西都比平常发的声音要高，平常不会响的东西也被我新发现着，棚顶发着响，洋瓦房盖被风吹着也响，响，响……

郎华按住我的胸口……我的不会说话的胸口。铁大门震响了一下，我跳了一下。

"不要怕，我们有什么呢？什么也没有。谣传不要太认真。他妈的，哪天捉去哪天算！睡吧，睡不足，明天要头疼的……"

他按住我的胸口。好像给噩梦惊醒的孩子似的，心在母亲的手下大跳着。

有一天，到一家影戏院去试剧，散散杂杂的这一些人从我们的小房出发。

全体都到齐，只少了个徐志，他一次也没有不到过，要试演他就不到，大家以为他病了。

很大的舞台，很漂亮的垂幕。我扮演的是一个老太婆的角色，还要我哭，还要我生病。把四个椅子拼成一张床，试一试倒下去，我的腰部触得很疼。

先试给影戏院老板看的，是郎华饰的《小偷》中的杰姆和李饰的律师夫人对话的那一幕。我是另外一个剧本，还没挨到我，大家就退出影戏院了。

因为条件不合，没能公演。大家等待机会，同时每个人起着疑问：公演不成了吧？

三个剧排了三个月，若说演不出总有点可惜。

“关于你们册子的风声怎么样？”

“没有什么。怕狼、怕虎是不行的。这年头只得碰上什么算什么……”郎华是刚强的。

# 白面孔

恐怖压到剧团的头上，陈成的白面孔在月光下更白了。这种白色使人感到事件的严重。落过秋雨的街道，脚在街石上发着拔拔的声音，李、郎华我们四个人走过很长的一条街。李说：“徐志，我们那天去试演，他不是没有到吗？被捕一个礼拜了！我们还不知道……”

“不要说，在街上不要说。”我撞动她的肩头。

鬼祟的样子，郎华和陈成一队，我和李一队。假如有人走在后面，还不等那人注意我，我就先注意他，好像人人都知道我们这回事。街灯也变了颜色，其实我们没有注意到街灯，只是紧张地走着。

李和陈成是来给我们报信，听说剧团人老柏已经三天不敢回家，有密探等在他的门口，他在准备逃跑。

我们去找胖朋友，胖朋友又有什么办法？他说：“××

科里面的事情非常秘密，我不知道这事，我还没有听说。”他在屋里转着弯子。

回到家锁了门，又在收拾书箱，明知道没有什么可收拾的，但本能地要收拾。后来也把那一些册子从过道拿到后面栉子房去，看到册子并不喜欢，反而感到累赘了！

老秦的面孔也白起来，那是在街上第二天遇见他。我们没说什么，因为郎华早已通知他这事件。

没有什么办法，逃，没有路费，逃又逃到什么地方去？不安定的生活重新又开始。从前是闹着饿，刚能弄得饭吃，又闹着恐怖。好像从来未遇过的恶的传闻和事实都在这时来到：日本宪兵队前夜捉去了谁，昨夜捉去了谁……听说昨天被捉去的人与剧团又有关系……

耳孔里塞满了这一些，走在街上也是非常不安。在中央大街的中段，竟有这样突然的事情——郎华被一个很瘦的高个子在肩上捉了一下，就带着他走了！转弯走向横街去，郎华也一声不响的就跟他去，也好像莫名其妙的脱开我就跟他去……起先我的视线被电影院门前的人们遮断，但我并不怎样心跳，那人和郎华很密切的样子，肩贴着肩，踱过来，但一点感情也没有，又踱过去……这次走了许多工夫就没再转回来，我想这是用的什么计策吧？把他弄上了圈套。

结果不是要捉他，那是他的一个熟人，多么可笑的熟人呀！太突然了！神经衰弱的人会吓出神经病来。——哎呀危险，你们剧团里人捕去了两个了——在大街上他竟弄出这样一个奇特的样子来，他不断地说：“你们应该预备预备。”

“我预备什么？怕也不成，遇上算。”郎华的肩连摇也不摇的说。

这几天发生的事情极多。做编辑的朋友陵也跑掉了。汪林喝过酒的白面孔也出现在院心，她说她醉了一夜，她说陵前夜怎样送她到家门，怎样要去了她一把削瓜皮的小刀……她一面说着，一面幻想，脸孔是白的。好像不好的事情都一起发生，朋友们变了样。汪林在院子里走来走去，也变了样。

只失掉了剧员徐志，剧团的事就在恐怖中不再提起了。

# 又是冬天

窗前的大雪白绒一般，没有停的在落，整天没有停。我去年受冻的脚完全好起来，可是今年没有冻，壁炉着得呼呼发响，时时起着木柈的小炸音，玻璃窗简直就没被冰霜蔽住，柈子不像去年摆在窗前，那是装满了柈子房的。

我们决定非回国不可，每次到书店去，一本杂志也没有，至于别的书那还是三年前摆在玻璃窗里退了色的旧书。

非走不可，非走不可。

遇到朋友们，我们就问：

"海上几月里浪小？海船是怎样晕法？……"因为我们都没航过海，海船那样大，在图画上看见也是害怕，所以一经过"万国车票公司"的窗前必须要停住许多时候，要看窗子里立着的大图画，我们计算着这海船有多么高啊！都说海上无风三尺浪，我在玻璃上就用手去量，看海船有海浪的几倍高。结果那太差远了！海船的高度等于海浪的二十倍。我说海船六丈高。

“哪有六丈？”郎华反对我，他又量量，“哼！可不是吗！差不多……海浪三尺，船高是二十三尺。”

也有时因为我反复着说：“有那么高吗？没有吧！也许有！”

郎华听了就生起气了，因为海船的事差不多在街上就吵架……

可是朋友们不知道我们要走，有一天我们在胖朋友家里举起酒杯的时候，嘴里吃着烧鸡的时候，郎华要说，我不叫他说，可是到底说了。

“走了好！我看你早就该走！”以前胖朋友常这样说，“郎华，你走吧！我给你们对付点路费。我天天在××科里边听着问案子，皮鞭子打得那个响！嗳，走吧！我想要是我的朋友也弄去……那声音可怎么听？我一看到那行人，我就想到你……”

老秦来了，他是穿一件崭新的外套，看起来帽子也是新的，不过没有问他，他自己先说：

“你们看我穿新外套了吧？非去上海不可，忙着做了两件衣裳，好去进当铺，卖破烂新的也值几个钱……”

听了这话我们很高兴，想不说也不可能：“我们也走，非走不可，在这个地方等着活剥皮吗？”郎华说完了就笑了：

“你什么时候走？”

“那么你们呢？”

“我们没有一定。”

“走就五六月走，海上浪小……”

“那么我们一同走吧！”

老秦并不认为我们是真话，大家随便说了不少关于走的事情，怎样走法呢？怕路上检查，怕路上盘问，到上海什么朋友也没有，又没有钱。说得高兴起来，逼真了！带着幻想了！老秦是到过上海的，他说四马路怎样怎样！他说上海的穷是怎样的穷法……

他走了以后，雪还没有停，我把火炉又放进一块木柈去，又到烧晚饭的时间了！我想一想去年，想一想今年，看一看自己的手骨节涨大了一点，个子还是这么高，还是这么瘦……

这房子我看得太熟了，至于墙上或是棚顶有几个多余的钉子我都知道。郎华呢？没有瘦胖，他是照旧，从我认识他那时候起，他就是那样，颧骨很高，眼睛小，嘴大，鼻子是一条柱。

“我们吃什么饭呢？吃面或是饭？”

居然我们有米有面了，这和去年不同，忽然那些回想牵住了我——借到两角钱或一角钱……空手他跑回来……抱着新棉袍去进当铺。

我想到我冻伤的脚，下意识地看了一下脚。于是又想到柈子。那样多的柈子，烧吧！我就又去搬了木柈进来。

“关上门啊！冷啊！”郎华嚷着。

他仍把两手插在裤袋在地上打转；一说到关于走，他就不住地打转，转起半点钟来也是常常的事。

秋天，我们已经装起电灯了。我在灯下抄自己的稿子，郎华又跑出去，他是跑出去玩，这可和去年不同，今年他不到外面当家庭教师了。

# 门前的黑影

从昨夜，对于震响的铁门更怕起来，铁门扇一响就跑到过道去看，看过四五次都不是，但愿它不是。清早了，某个学校的学生，他是郎华的朋友，他戴着学生帽，进屋也没有脱，他连坐下也不坐下就说：

“风声很不好，关于你们，我们的同学弄去了一个。”

“什么时候？”

“昨天。学校已经放寒假了，他要回家还没有定。今天一早又来日本宪兵把全宿舍检查一遍，每个床铺都翻过，翻出一本《战争与和平》来……”

“《战争与和平》又怎么样？”

“你要小心一点，听说有人要给你放黑箭。”

“我又不反满，不抗日，怕什么？”

“别说这一套话，无缘无故就要拿人，你看，把《战争与和平》那本书就带了去，说是调查调查，也不知道调查什么？”

说完他就走了，问他想放黑箭的是什么人？他不说。过了一会又来一个人，同样是慌张，也许近些日子看人都是慌张的。

“你们应该躲躲，不好吧！外边都传说剧团不是个好剧团，那个团员出来了没有？”

我们送走了他就到公园走走。冰池上小孩们在上面滑着冰，日本孩子，俄国孩子……中国孩子……

我们绕着冰池走了一周，心上载着不愉快……所以彼此不讲话，走得很沉闷。

“晚饭吃面吧！”他看到路北那个切面铺才说，我进去买了面条。

回到家里书也不能看，俄语也不能读，开始慢慢预备晚饭吧！虽然在预备吃的东西也不高兴，好像不高兴吃什么东西。

木格上的盐罐装着满满的白盐，盐罐旁边摆着一包大海米、酱油瓶、醋瓶、香油瓶，还有一罐炸好的肉酱。墙角有米袋、面袋、柈子房满堆着木料……这一些并不感到满足，用肉酱拌面吃倒不如去年米饭拌着盐吃舒服。

“商市街”口，我看到一个人影，那不是寻常的人影，那像日本宪兵，我继续前走，怕是郎华知道要害怕。

走了十步八步，可是不能再走了！那穿高筒皮靴的人在铁门外盘旋，我停止下，想要细看一看。郎华和我同样，他也早就注意上这人。我们想逃。他是在门口等我们吧！不用猜疑，路南就停着小“电驴子”，并且那日本人又走到路南来，他的姿式表示着他的耳朵也在倾听。

不要家了，我们想逃，但是逃向哪里呢？

那日本人连刀也没有佩，也没有别的武装，我们有点不相信他就会拿人。我们走进路南的洋酒面包店去，买了一块面包，我并不要买肠子，掌柜的就给切了肠子，因为我是聚精会神地在注意玻璃窗外的事情，那没有佩刀的日本人转着弯子慢慢走掉了。

这真是一场大笑话，我们就在铺子里消费了三角五分钱……从玻璃门出来带着三角五分钱的面包和肠子。假若是更多的钱在那当儿就丢在马路上也不觉得可惜……

“要这东西做什么呢？明天袜子又不能买了。”事件已经过去，我懊悔地说。

“我也不知道，谁叫你进去买的？你想怨谁？”

郎华在前面哐哐地开着门，屋中的热气扑到脸上来。

# 决　意

非走不可，环境虽然和缓下来，不走是不行，几月走呢？五月吧！

从现在起还有五个月，在灯下计算了又计算，某个朋友要拿他多少钱，某个朋友该向他拿路费的一半……

在心上一想到走，好像一件兴奋的事，也好像一件伤心的事，于是我的手一边在倒茶一边发抖。

“流浪去吧！哈尔滨也并不是家，那么流浪去吧！”郎华端一端茶杯，没有喝又放下。

眼泪已经充满着我了。

“伤感什么，走去吧！有我在身边走到哪里你也不要怕。伤感什么，老悄，不要伤感。”

我垂下头说：“这些锅碗怎么办呢？”

“真是小孩子，锅、碗又算得什么？”

我从心里笑了，我觉到自己好笑。在地上绕了个圈子，可是心中总有些悲哀，于是又垂下了头。

剧团的徐同志不是出来了吗？不是被灌了凉水吗？我想到这里，想到一个人，被弄了去，灌凉水，打象皮鞭子，那已经不成个人了。走吧，非走不可。

# 一个南方的姑娘



郎华告诉我一件新的事情，他去学开汽车回来第一句话说：

“新认识一个朋友，她从上海来，是中学生。过两天还要到家里来。”

第三天，外面打着门了！我先看到的是她头上扎着漂亮的红带，她说她来访我，老王在前面引着她。大家谈起来，差不多我没有说话，我听着别人说。

“我到此地四十天了！我的北方话还说不好，大概听得懂吧！老王是我到此地才认识的。那天巧得很，我看报上为着戏剧在开着笔战，署名郎华的我同情他……我同朋友们说：这位郎华先生是谁？论文作得很好。因为老王的介绍，上次见到郎华……”

我点着头，遇到生人我一向是不会说什么话。她又去拿桌上的报纸，她寻找笔战继续的论文。我慢慢地看着她，大概她也慢慢地看着我吧！她很漂亮，很素净，脸上不涂粉，头发没有卷起来，只是扎了一条红绸带，这更显得特别风味，又美又净，葡萄灰色的袍子上面有黄色的花，只是这件袍子我看不很美，但也无损于美。到晚上，这美人似的人就在我们家里吃晚饭，在吃饭以前汪林也来了！汪林是来约郎华去滑冰，她从小孔窗看了一下：

"郎华不在家吗？"她接着"唔"了一声。

"你怎么到这里来？"汪林进来了。

"我怎么就不许到这里来！"

我看得她们这样很熟的样子更奇怪。我说：

"你们怎么也认识呢？"

"我们在舞场里认识的。"汪林走了以后她告诉我。

从这句话当然也知道程女士也是常常进舞场的人了！汪林是漂亮的小姐，当然程女士也是，所以我就不再留意程女士了。

环境和我不同的人来和我做朋友，我感不到兴味。

郎华肩着冰鞋回来，汪林大概在院中也看到了他，所以也跟进来，这屋子就热闹了！汪林的胡琴口琴都跑去拿过来。郎华唱："杨延辉坐宫院。"

"哈呀呀，怎么唱这个？这是'奴心未死'！"汪林嘲笑他。

在报纸上就是因为旧剧才开笔战，郎华自己明明写着，唱旧戏是奴心未死。

并且汪林耸起肩来笑得脊背靠住暖墙，她很红的脸，很红的嘴，卷发，绿绒衣，她和程女士是绝端两样，她带着西洋少妇的风情。程女士很黑，是个黑姑娘。

又过几天，郎华为我借一双滑冰鞋来，我也到冰场上去。程女士常到我们这里来，她是来借冰鞋。有时我们就一起去，同时新人当然一天比一天熟起来，她渐渐对郎华比对我更熟，她给郎华写信了，虽然常见，但是要写信的。

又过些日子，程女士要在我们这里吃面条，我到厨房去调面条。

“……喳……喳……”等我走进屋他们又在谈别的了！程女士只吃一小碗面就说：“饱了。”

我看她近些日子更黑一点，好像她的“愁”更多了！她不仅仅是“愁”，因为愁并不兴奋，可是程女士有点兴奋。

我忙着收拾家具，她走时我没有送她，郎华送她出门。

我听得清楚楚的是在门口：“有信吗？”

或者不是这么说，总之跟着一声“喳喳”之后，郎华很响的：“没有。”

又过了些日子程女士就不常来了，大概是她怕见我。

程女士要回南方，她到我们这里来辞行，有我做障碍，她没有把要诉说出来的“愁”尽量诉说给郎华。她终于带着“愁”回南方去了。

# 生　人

来了一个希奇的客人。我照样在厨房里煎着饼，因为正是预备晚饭时候。饼煎得糊烂了半块，有的竟烧着起来，冒着烟。一边煎着饼一边跑到屋里去听他们的谈话，我忘记我是在预备饭，所以在晚饭桌上那些饼很不好吃，我去买面包来吃。

他们的谈话还没有谈完，于是家具我也不能去洗，就呆站在门边不动。

“……

……

……”

这全是些很沉痛的谈话！有时也夹着笑声，那个人是从磐石人民革命军里来的……

我只记住他是很红的脸。

# 又是春天



太阳带来了暖意，松花江靠岸的江冰坍下去，溶成水了，江上用人支走的爬犁渐少起来。汽车更没有一只在江上行走了。松花江失去了它冬天的威严，江上的雪已经不是闪眼的白色，变成灰的了。又过几天，江冰顺着水慢慢流动起来，那是很好看的，有意流动，也像无意流动，大块冰和小块冰轻轻地互相击撞发着响，唧唧着，这种响声像是瓷器相碰的响声似的，也像玻璃相碰的响声似的。立在江边，我起了许多幻想：这些冰块流到哪里去？流到海去吧！也怕是到不了海，阳光在半路上就会全数把它们消灭尽……

然而它们是走的，幽游一般，也像有生命似的，看起来比人更快活。

那天在江边遇到一些朋友，于是大家同意去走江桥。我和郎华走得最快，松花江在脚下东流，铁轨在江空发啸，满江面的冰块，满天空的白云，走到尽头，那里并不是郊野，看不见绿绒绒的草地，看不见绿树，“塞外”的春来得这样迟啊！我们想吃酒，于是沿着土堤走下去，然而寻不到酒馆，江北完全是破落人家，用泥土盖成的房子，用柴草织成的短墙。

“怎么听不到鸡鸣？”

“要听鸡鸣做什么？”人们坐在土堤上揩着面，走得热了。

后来我们去看一个战舰，那是一九二九年和苏俄作战时被打沉在江底的，名字是“利捷”。每个人用自己所有的思想来研究这战舰，但那完全是瞎说，有的说汽锅被打碎了才沉江的，有的说把驾船人打死才沉江的。一个洞又一个洞，这样的军舰使人感到残忍，正相同在街上遇见了在战场上丢了腿的人一样。他残废了，别人称他是个废人。

这个破战舰停在船坞里完全发霉了。

# 患　病

我在准备早饭，同时打开了窗子，春朝特有的气息充满了屋子。在大炉台上摆着已经去了皮的地豆，小洋刀在手中仍是不断地转着……浅黄色带着绵性似的，地豆个个在大炉台上摆好，稀饭在旁边冒着泡，我一面切着地豆，一面想着：江上连一块冰也融尽了吧！公园的榆树怕是发了芽吧！已经三天不到公园去，吃过饭非去看看不可。

“郎华呀！你在外边尽作什么？也来帮我提一桶水去……”

“我不管，你自己去提吧。”他在院子来回走，他又是在想什么文章。于是我跑着，为着高兴。把水桶翻得很响，斜着身子从汪家厨房出来，差不多是横走，水桶在腿边左摇荡一下，右摇荡一下……

菜烧好，饭也烧好。吃过饭就要去江边，去公园。春天就要在头上飞，在心上过，然而我不能吃早饭了，肚子偶然疼起来。

我喊郎华进来，他很惊讶！但越痛越不可耐了。

他去请医生，请来一个治喉病的医生。

“你是患着盲肠炎吧？”医生问我。

我疼得那个样子，还晓得什么盲肠炎不盲肠炎的？眼睛发黑了，喉医生在我的臂上打了止痛药针。

“张先生，车费先请自备吧！过几天和药费一起送去。”郎华对医生说。

一角钱也没有了，我又不能说再请医生，白打了止痛药针，一点痛也不能止。

郎华又跑出去，我不知他跑出去做什么，我说不出怀着怎样的心情在等他回来。

一个星期过去，我还不能从床上坐起来。第九天，郎华从外面举着鲜花回来，插在瓶子里，摆在桌上。

“花开了？”

“不但花开，树还绿了呢！”

我听说树绿了！我对于“春”不知怀着多少意义。我想立刻起来去看看，但是什么也不能做，腿软得好像没有腿了，我还站不住。

头痛减轻一些，夜里睡得很熟。有朋友告诉郎华：在什么地方有一个市立的公共医院，为贫民而设，不收药费。

当然我挣扎着也要去的，那天是晴天，换好干净衣服，一步一步走出大门，坐上了人力车，郎华在车旁走，起先他是扶着车走，后来他就走在行人道上去了。街树不是发着芽的时候，已长好绿叶了！

进了诊疗所，到挂号处挂了名，很长的堂屋，排着长椅子，那里已经开始诊断，穿白衣裳的俄国女人，跑来跑去唤着名字，六七个人一起闯进病室去，过一刻就放出来，第二批人再被呼进来。到这里来的病人，都是穷人，愁眉苦脸的一个，愁眉苦脸的一个。撑着木棍的跛子，脚上生疮缚着白布的肿脚人，肺痨病的女人，白布包住眼睛的盲人，包住眼睛的盲小孩，头上生疮的小孩。对面坐着老外国女人，闭着眼睛，把头靠住椅子，好似睡着，然而她的嘴不住的收缩，她的包头巾在下巴上慢慢地牵动……

小孩治疗室有孩子大大的哭叫，内科治疗室门口外国女人又闯出来，又叫着外国名字，一会又有中国人从外科治疗室闯出来，又喊着中国名字……拐脚子和肿脸人都一起走进去……

因为我来得最晚。大概最后才能够叫到我，等得背痛、头痛。

“我们回去吧！明天再来。”坐在人力车上，我已无心再看街树，这样去投医，病像不但没有减轻，好像更加重了些。

不能不去，因为不要钱。第二次去，也被唤着名字走进妇科治疗室，虽等了两点钟，到底进了妇科治疗室。既然进了治疗室，那该说怎样治疗法。

把我引到一个屏风后面，那里摆着一张很宽很高很短的台子，台子的两边还立了两支叉形的东西，叫我爬上这台子去，当时我可有些害怕了，爬上去做什么呢？莫非是要用刀割吗？

我坚决的不爬上去，于是那肥的外国女人先上去了，没有什么，并不动刀，换着次序我也被治疗了一回，经过这样的治疗并不用吃药，只在肚子上按了按，或是一面按着，一面问两句，我的俄文又不好，所以医生问的，我并不全懂，马马糊糊地就走出治疗室。医生告诉我，明天再来一次，好把药给我。

以后我就没有再去，因为那天我出了诊疗所的时候，我是问过一个重病人的，他哼着，他的家属哭着。我以为病人病到不可治的程度，“他们不给药吃，说药贵，让自己去买，哪里有钱买？”是这样说向我的。

去了两天诊疗所，等了几个钟头。怕是再去两天，再去等几个钟头，病人就会自然而然地好起来！可惜我没有那样的忍耐性。

# 十三天

“用不到一个月我们就要走的。你想想吧，去吧！不要闹孩子脾气，三两天我就去看你一次……”郎华说。

为着病，我要到朋友家去休养几天。我本不愿去，那是郎华的意思，非去不可，又因为病像又要重似的，全身失去了力量，骨节酸痛。于是冒着雨，跟着朋友就到朋友家去。

汽车在斜纹的雨中前行。大雨和冒着烟一般。我想开汽车的人怎能认清路呢？但车行更快起来，在这样大的雨中，人好像坐在房间里，这是多么有趣！汽车走出市街接近乡村的时候立刻有一种感觉，好像赴战场似的英勇。我是有病，我并没喊一声“美景”。汽车颠动着，我按紧着肚子，病会使一切厌烦。

当夜还不到九点钟我就睡了。原来没有睡，来到乡村，那一种落寞的心情浸透了我。又是雨夜，窗子上疏沥地打着雨点。好像是做梦把我惊醒，全身沁着汗，这一刻又冷起来，从骨节发出一种冷的滋味，发着疟疾似的，一刻热了，又寒了！

要解体的样子，我哭出来吧！没有妈妈哭向谁去？

第二天夜又是这样过的，第三夜又是这样过的，没有哭，不能哭，和一个害着病的猫儿一般，自己的痛苦自己担当着吧！整整是一个星期都是用被子盖着坐在炕上，或是躺在炕上。

窗外的梨树开花了，看着树上白白的花儿。

到端阳节还有二十天，节前就要走的。

眼望着窗外梨树上的白花落了！有小果子长起来，病也渐好，拿椅子到树下去看看小果子。

第八天郎华才来看我，好像父亲来了似的，好像母亲来了似的，我发羞一般的，没有和他打招呼，只是让他坐在我的近边。

我明明知道生病是平常的事，谁能不生病呢？可是总要酸心，眼泪虽然没有落下来，我却耐过一个长时间酸心的滋味。好像谁虐待了我一般。那样风雨的夜，那样忽寒忽热独自幻想着的夜。

第二次郎华又来看我，我决定要跟他回家。

“你不能回家，回家你就要劳动，你的病非休息不可，还没有两个星期我们就得走。刚好起来再累病了，我可没有办法。”

“回去，我回去……”

“好，你回家吧！没有一点理智的人，不能克服自己的人还有什么办法！你回家好啦！病犯了可不要再问我！”

我又被留下，窗外梨树上的果子渐渐大起来。我又不住地乱想：穷人是没有家的，生了病被赶到朋友家去。

已经十三天了！

# 拍卖家具

似乎带着伤心，我们到厨房验查一下，水壶、水桶、小锅这一些都要卖掉，但是并不是第一次验查，从想走那天起，我就跑到厨房来计算，三角二角，不知道这样计算多少回，总之一提起“走”字来便去计算，现在可真的要出卖了。

旧货商人就等在门外。

他估着价：水壶，面板，水桶，蓝瓷锅，三只饭碗，酱油瓶子，豆油瓶子，一共值五角钱。

我们没有答话，意思是不想卖了。

“五毛钱不少。你看这锅漏啦！水桶是旧水桶，买这东西也不过几毛钱，面板这块板子，我买它没有用，饭碗也不值钱……”他一只手向上摇着，另一只手翻着摆在地上的东西，他很看不起这东西，“这还值钱？这还值钱？”

“不值钱，我也不卖。你走吧！”

“这锅漏啦！漏锅……”他的手来复的推动锅底，嘭响一声，再嘭响一声。

我怕他把锅底给弄掉下来，我很不愿意：“不卖了，你走吧！”

“你看，这是废货，我买它卖不出钱来。”

我说：“天天烧饭，哪里漏呢？”

“不漏，眼看就要漏，你摸摸这锅底有多么薄？”最后，他又在小锅底上很留恋的敲了两下。

小锅第二天早晨又用它烧了一次饭吃，这是最后的一次。我伤心，明天它就要离开我们到别人家去了！永远不会再遇见，我们的小锅。没有钱买米的时候，我们用它盛着开水来喝；有米太少的时候，就用它煮稀饭给我们吃，现在它要去了！

共患难的小锅呀！与我们别开伤心不伤心？

旧棉被、旧鞋和袜子，卖空了！空了……

还有一只剑，我也想起拍卖它，郎华说：

“送给我的学生吧！因为剑上刻着我的名字，卖是不方便的。”

前天他的学生听说老师要走，哭了。

正是练武术的时候，那孩子手举着大刀，流着眼泪。

# 最后的一星期

刚下过雨，我们踏着水淋的街道，在中央大街上徘徊，到江边去呢？还是到哪里去呢？

天空的云还没有散，街头的行人还是那样稀疏，任意走，但是再不能走了。

“郎华，我们应该规定个日子，哪天走呢？”

“现在三号，十三号吧！还有十天，怎么样？”

我突然站住，受惊一般地，哈尔滨要与我们别离了！还有十天，十天以后的日子，我们要过在车上、海上，看不见松花江了，只要“满洲国”存在一天，我们是不能来到这块土地。

李和陈成也来了，好像我们走，是应该走。

“还有七天，走了好啊！”陈成说。

为着我们走，老张请我们吃饭，吃过饭以后，又去逛公园。在公园又吃冰淇凌，无论怎样总感到另一种滋味，公园的大树，公园夏日的风，沙土，花草，水池，假山，山顶的凉亭，……这一切和往日两样，我没有像往日那样到公园里乱跑，我是安静静地走着，脚下的沙土慢慢地在响。

夜晚屋中又剩了我一个人，郎华的学生跑到窗前，他偷偷视查着我，他在窗前走来走去，假装着闲走来观察我，来观察这屋中的事情，观察不足，于是问了：

“我老师上哪里去了？”

“找他做什么？”

“找我老师上课。”

其实那孩子平日就不愿意上课，他觉得老师这屋有个景况：怎么这些日子卖起东西来，旧棉花，破皮褥子……

要搬家吧！那孩子不能确定是怎么回事。他跑回去又把小菊也找出来，那女孩和他一般大，当然也觉得其中有个景况。我把灯闭下了，要收拾的东西，暂时也不收拾了！

躺在床上，摸摸墙壁，又摸摸床边，现在这还是我所接触的，再过七天，这一些都别开了。

小锅、小水壶，终归被旧货商人所提走，在商人手里发着响，闪着光，走出门去！那是前年冬天郎华从破烂市买回来的。现在又将回到破烂市去。

卖掉小水壶，我的心情更不能压制住。不是用的自己的腿似的，到木柈房去看看许多木柈还没有烧尽，是卖呢？是送朋友？门后还有个电炉，还有双破鞋。

大炉台上失掉了锅，失掉了壶，不像个厨房样。

一个星期已经过去四天，心情随着时间更烦乱起来。也不能在家烧饭吃，到外面去吃，到朋友家去吃。

看到别人家的小锅，就想起卖掉的小锅，吃饭也不能安定。后来睡觉也不能安定。

“明早六点就起来拉床，要早点起来。”

郎华说这话，觉得走是逼近了！必定得走了。好像郎华如不说，就不走了似的。

夜里想睡也睡不安。太阳还没出来，铁大门就响起来，我怕着，这声音要夺去我的心似的，昏茫的坐起来。郎华就跳下床去，两个人从床上往下拉着被子、褥子。枕头摔在脚上，忙忙乱乱，有人打着门，院子里的狗乱咬着。

马颈的铃铛就响在窗外，这样的早晨已经过去，我们遭了恶祸一般，屋子空空的了。

我把行李铺了铺就睡在地板上。为了多日的病和不安，身体弱的快要支持不住的样子，郎华跑到江边去洗他的衬衫，他回来看到我还没有起来，他就生气：

“不管什么时候，总是懒，起来，收拾收拾，该随手拿走的东西，就先把它拿走。”

“有什么收拾的，都已收拾好，我再睡一会，天还早，昨夜我失眠了。”我的腿痛，腰痛，又要犯病的样子。

“要睡，收拾干净再睡，起来！”

铺在地板上的小行李也卷起来了，墙壁从四面直垂下来，棚顶一块块发着微黑的地方，是长时间点蜡烛被烛烟所熏黑的。说话的声音有些轰响。空了！在屋子里边走起来很旷荡……

还吃了最后的一次早餐——面包和肠子。

我手提个包袱。郎华说：

“走吧！”他推开了门。

这正像乍搬到这房子郎华说“进去吧”一样，门开着我出来了，我腿发抖，心往下沉坠，忍不住这从没有落下来的眼泪，是哭的时候了！应该流一流眼泪。

我没有回转一次头走出大门，别了家屋！街车，行人，小店铺，行人道旁的杨树。转角了！

别了，“商市街”！

小包袱在手上挂着。我们顺了中央大街南去。

一九三五,五,十五日，上海

# 长白山的血迹

雄壮的长白山蜿蜒在辽宁省的东北部，而其余脉则迤逦至吉林与黑龙江之领域；它那雄浑的姿势，真不愧称为北国天然的障屏。那儿有丰富的产物，肥沃的土地，繁茂的森林，还有人民因适应环境而特具有的强健的体魄，热烈奔放的情感。北地的风光虽不及南国的温柔、绮丽；然而它的伟大、雄浑，也足使它傲视一切的。

“九一八”早晨，敌人强暴的行为，轰动了全世界，群众的怒吼声也随着高潮的增长而潮漫了全国。有血性的勇敢的人民，不惜牺牲地用血与肉去渍染了敌人的炮弹，而那些无力抵抗的老懦的人民，也受了敌人铁蹄的蹂躏而填满了沟壑。长白山一集团的居民的安宁，无疑地也起了动播，然而他们为了生存，为了自由，岂肯束手待毙，让那些凶恶的猛兽任意吞噬吗？不！他们怒吼着，他们不甘屈服，他们要奋斗，要挣扎，除非高耸的山峰陷为平野，头颅与血肉化为灰烬！他们同心合意的要给敌人以重大的致命伤，为被残害的同胞复仇，要敌人知道神明华胄的子孙不是他们所想像那样懦弱。

一股像瀑布大的仇恨在燃烧，使他们为争自由求生存的热情更为腾沸；一集团不同的意志已熔冶成了一颗共同的不可磨灭复仇的心了！

他们为了避躲敌人的侦探及强烈武器的摧残而潜伏在山穴之中，也曾穿着草绿色的战衣出没于稻禾田中而时给以敌人不意的袭击；因此，残缺的山河，还留得这弹丸般的干净之土，灿烂的青天白日的国旗还能在太空中飘扬！

时光很快地逝去，变色的山河在敌人掌之下已是五年了，他们也在风雨飘摇四面楚歌的环境中渡过了这悠长的岁月。凶暴的敌人也渐渐感觉得这班青年的生存，是实现整个大陆政策美梦的掣肘，而且有无限的危机潜伏，于是下了一个残灭无余的决心。

敌人大量的兵力逼临了，然而经验过数年的战争经验陶冶的他们，是沉静着毫不惊惶，藉了天然的护障及沉着应战更使敌人一筹莫展，最后的方法，也只有取包围的形式将整个长白山包围起来。又相持了八个月，他们用掠夺方式得来的军火，及储藏的食粮物已告罄，而他们所具有的，还是一颗热烈的共同的复仇心，一腔慷慨激昂为民族求生存而奋斗的壮志！

在这个时候，敌人的总攻击令又下了，无疑地，是这一集团忠勇的战士们的末日到临，因为他们已失掉了战斗力了。敌人的大炮轰破了他们的根据地，坦克军冲溃了他们的阵线，漫天的飞机在投着巨量的炸弹，炮声弹影里，化石和头颅化成了灰烬在空中飞扬，嵯峨耸矗的长白山是陷落了，他们是坠灭了，永恒地安息了，他们的鲜血所渲染了的原野开遍了灿烂的鲜花，象征着他们为民族求生存而奋斗的精神彪炳尘寰！

# 女子装饰的心理

装饰本来不仅限于女子一方面的，古代氏族的社会，男子的装饰不但极讲究，且更较女子而过之。古代一切狩猎氏族，他们的装饰较衣服更为华丽，他们甘愿裸体，但对于装饰不肯忽视。所以装饰之于原始人，正如现在衣服之于我们一样重要。现在我们先讲讲原始人的装饰，然后由此推知女子装饰之由来。

原始人的装饰有两种，一种是固定的为黥创文身，穿耳，穿鼻，穿唇等；一种是活动的，就是连系在身体上暂时应用的，如带缨、钮子这类，他们装饰的颜色主要的是红色，他们身上的涂彩多半以赤色条绘饰，因为血是红的，红色表示热烈，具有高度的兴奋力。就是很多的动物，对于赤色，也和人类一样容易感觉。原始人的生活大多是狩猎和战争，于猎事及战争极兴奋的时候，往往可见到血，这足以使红色有直接感觉，有强烈的情绪的联系。其次是黄色，也有相当的美感，也为原始人所采用，再是白色和黑色，但较少采用，他们装饰所选用的颜色，颇受他们的皮肤的颜色所影响，如白色和赤色对于黑色的澳洲人颇为采用，他们所采用的颜色是要与他们皮肤的颜色有截然分别的。

至于原始人对于装饰的观念怎样呢？他们究竟为什么要装饰？又为什么要这样装饰呢？这就谈到了他们装饰的心理问题了。

我们大概会惊异于他们这种重视装饰的心理罢，如黥身是他们身体装饰中最痛苦的，用刀或铁箭在身上刺成各种花纹，有的且刺满全身，他们竟于忍受痛苦而为其人的勇敢毅力的表示。而这种忍受，大都是为了装饰美观，极少含有其他作用。少年男女到了相当年龄，便执行着这种苦刑，而以为荣。以为假如身上没能刺刻着花纹，则将来很难找到爱侣。至于活动的装饰，如各种环缨之类的佩戴物，则一方表示他们勇敢善战，不怯懦；一方面是引起异性的爱悦，因为他们都以勇敢善斗为荣。身上所佩戴的许多珍贵的装饰物，表示他们的富有，是以勇敢夺得或猎取来的。总之，原始人装饰的用意，一方是引起异性爱悦，一方是引起他人的敬畏。事实上，各种装饰是兼具此两种意义的，这实在是生存竞争中不可少和有效的工具。由这些情形看来，在原始社会中男子的装饰较女子讲究，也是因为原始社会的人民，没有确定的婚姻制度，无恒久的配偶，而女子在任何情形中都有结婚的机会，男子要得到伴侣，比较困难，故必须用种种手段以满足其欲望。

但在文明社会中，男女关系与此完全相反，男子处处站在优越地位，社会上一切法律权利都握在男子手中，女子全居于被动地位。虽然近年来有男女平等的法律，但在父权制度之下，女子仍然是受动的。因此，男子可以行动自由，女子至少要受相当的约制。这样一来，女子为达到其获得伴侣的欲望，因此也要藉种种手段以取悦异性了。这种手段，便是装饰。

装饰主要的用意，大都是一方以取悦于男性，一方足以表示自己的高贵。脸上敷着白粉、红脂、口红、蔻丹等。刚才说过红色是原始人用作装饰的主要颜色，红白相称特别鲜明，不独引人注目，亦以表示其不亲劳动的身份。故牙齿既然是白的，口唇必须涂红。西洋妇女脸上涂橘黄色的粉，这是表示他们的富有，因为夏天海滨避暑为海风吹拂脸颊成黄色。白色最能显示脸部和身体的轮廓，原始人跳舞往往在夜间昏昏的灯光和月色之下，用白色把身体上涂成条纹，使身体轮廓显明，易为人注目。妇女用红白二色饰脸部，也是利用其颜色鲜明，且红色其热烈性，易使人感动。中国少女结婚时多穿红衣红裙，大概不外这个意义。

女子装饰亦随社会习惯而变迁。昔人的观念，以柔弱娇小为美，故女子束腰裹脚之风盛行，有“楚王好细腰，宫中多饿死”者的惨事。近来体育发达，国人观念改变，重健康，好运动，女子以体格壮健肤色红黑为美。现在一班新进的女子，大都不饰脂粉，以太阳光下的红黑色肤色的天然风致为美了。黑色太阳镜之盛行，不外表示其常常外出的习惯而已。

# 感情的碎片

近来觉得眼泪常常充满着眼睛，热的，它们常常会使我的眼围发烧。然而它们一次也没有滚落下来，有时候它们站到了眼毛的尖端，闪耀着玻璃似的液体，每每在镜子里面看到。

一看到这样的眼睛，又好像回到了母亲死的时候。母亲并不十分爱我，但也总算是母亲。她病了三天了，是七月的末梢，许多医生来过了，他们骑着白马，坐着二轮车，但那最高的一个，他用银针在母亲的腿上刺了一下，他说：

“血流则生，不流则亡。”

我确确实实看到那针孔是没有流血，只是母亲的腿上凭空多了一个黑点。

医生和别人都退了出去，他们在堂屋里议论着。我背向了母亲，我不再看她腿上的黑点，我站着。

“母亲就要没有了吗？”我想。

大概就是她极短的清醒的时候：

“……你哭了吗？不怕，妈死不了！”

我垂下头去，扯住了衣襟，母亲也哭了，我也哭了。

而后我站到房后摆着花盆的木架旁边去。我从衣袋取出来母亲买给我的小洋刀。

“小洋刀丢了就从此没有了吧？”于是眼泪又来了。

花盆里的金百合映着我的眼睛，小洋刀的闪光映着我的眼睛。眼泪就再没有流落下来。然而那是热的，是发炎的。

但那是孩子的时候。

而今则不应该了。

# 破落之街

天明了，白白的阳光空空的染了全室。

我们快穿衣服，折好被子，平结他自己的鞋带，我结我的鞋带。他到外面去打脸水，等他回来的时候，我气愤地坐在床沿。他手中的水盆被他忘记了，有水泼到地板。他问我，我气愤着不语，把鞋子给他看。

鞋带是断成三段了，现在又断了一段。他重新解开他的鞋子，我不知道他在做什么，我看他向桌间寻了寻，他是找剪刀，可是没买剪刀，他失望用手把鞋带做成两段。

一条鞋带也要分成两段，两个人束着一条鞋带。

他拾起桌上的铜板说：

“就是这些吗？”

“不，我的衣袋还有哩！”

那仅是半角钱，他皱眉，他不愿意拿这票子。终于下楼了，他说：

“我们吃什么呢？”

用我的耳朵听他的话，用我的眼睛看我的鞋，一只是白鞋带，另一只是黄鞋带。

秋风是紧了，秋风的凄凉特别在破落之街道上。

苍蝇满集在饭馆的墙壁，一切人忙着吃喝，不闻苍蝇。

“伙计，我来一分钱的辣椒白菜。”

“我来二分钱的豆芽菜。”

别人又喊了，伙计满头是汗。

“我再来一斤饼。”

苍蝇在那里好像是哑静了，我们同别的一些人一样，不讲卫生和体面，我觉得女人必须不应该和一些下流人同桌吃饭，然而我是吃了。

走出饭馆门时，我很痛苦，好像快要哭出来，可是我什么人都不能抱怨。平他每次吃完饭都要问我：

“吃饱没有？”

我说：“饱了！”其实仍有些不饱。

今天他让我自己上楼：

“你进屋去吧！我到外面有点事情。”

好像他不是我的爱人似的，转身下楼离我而去了。

在房间里，阳光不落在墙壁上，那是灰色的四面墙，好像匣子，好像笼子，墙壁在逼着我，使我的思想没有用，使我的力量不能与人接触，不能用于世。

我不愿意我的脑浆翻绞，又睡下，拉我的被子，在床上辗转，仿佛是个病人一样，我的肚子叫响，太阳西沉下去，平没有回来。我只吃过一碗玉米粥，那还是清早。

他回来，只是自己回来，不带馒头或别的充饥的东西回来。

肚子越响了，怕给他听着这肚子的呼唤，我把肚子翻向床，压住这呼唤。

“你肚疼吗？”

我说不是，他又问我：

“你有病吗？”

我仍说不是。

“天快黑了，那么我们去吃饭吧！”

他是借到钱了吗？

“五角钱哩！”

泥泞的街道，沿路的屋顶和蜂巢样密挤着，平房屋顶，又生出一层平屋来。那是用板钉成的，看起来像是楼房，也闭着窗子，歇着门。可是生在楼房里的不像人，是些猪猡，是污浊的群。我们往来都看见这样的景致。现在街道是泥泞了，肚子是叫唤了！一心要奔到苍蝇堆里，要吃馒头。桌子的对边那个老头，他唠叨起来了，大概他是个油匠，胡子染着白色，不管衣襟或是袖口，都有斑点花色的颜料，他用有颜料的手吃东西。并没有发见他是不讲卫生，因为我们是一道生活。

他嚷了起来，他看一看没有人理他，他升上木凳，好像老旗杆样，人们举目看他。终归他不是造反的领袖，那是私事，他的粥碗里面睡着个苍蝇。

大家都笑了，笑他一定在发神经病。

“我是老头子了，你们拿苍蝇喂我！”他一面说，有点伤心。

一直到掌柜的呼唤伙计再给他换一碗粥来，他才从木凳降落下来。但，他寂寞着，他的头摇拽着。

这破落之街我们一年没有到过了，我们的生活技术比他们高，和他们不同，我们是从水泥中向外爬。可是他们永远留在那里，那里淹没着他们的一生，也淹没着他们的子子孙孙，但是这要淹没到什么时代呢?

我们也是一条狗，和别的狗一样没有心肝。我们从水泥中自己向外爬，忘记别人，忘记别人。

一九三三,十二,二七

# 永久的憧憬和追求

一九一一年，在一个小县城里边，我生在一个小地主的家里。那县城差不多就是中国的最东最北部——黑龙江省——所以一年之中，倒有四个月飘着白雪。

父亲常常为着贪婪而失掉了人性。他对待仆人，对待自己的儿女，以及对待我的祖父都是同样的吝啬而疏远，甚至于无情。

有一次，为着房客租金的事情，父亲把房客的全套的马车赶了过来。房客的家属们哭着，诉说着，向我的祖父跪了下来，于是祖父把两匹棕色的马从车上解下来还了回去。

为着两匹马，父亲向祖父起着终夜的争吵。“两匹马，咱们是算不了什么的，穷人，这两匹马就是命根。”祖父这样说着，而父亲还是争吵。

九岁时，母亲死去。父亲也就更变了样，偶然打碎了一只杯子，他就要骂到使人发抖的程度。后来就连父亲的眼睛也转了弯，每从他的身边经过，我就像自己的身上生了针刺一样；他斜视着你，他那高傲的眼光从鼻梁经过嘴角而后往下流着。

所以每每在大雪中的黄昏里，围着暖炉，围着祖父；听着祖父读着诗篇，看着祖父读着诗篇时微红的嘴唇。

父亲打了我的时候，我就在祖父的房里，一直面向着窗子，从黄昏到深夜——窗外的白雪，好像白棉一样飘着；而暖炉上水壶的盖子，则像伴奏的乐器似的振动着。

祖父时时把多纹的两手放在我的肩上，而后又放在我的头上，我的耳边便响着这样的声音：

“快快长吧！长大就好了。”

二十岁那年，我就逃出了父亲的家庭。直到现在还是过着流浪的生活。

“长大”是“长大”了，而没有“好”。

可是从祖父那里，知道了人生除掉了冰冷和憎恶而外，还有温暖和爱。

所以我就向这“温暖”和“爱”的方面，怀着永久的憧憬和追求。

一九三六，十二，十二日

# 来　信

坐在上海的租界里，我们是看不到那真实的斗争，所知道的也就是报纸上或朋友们的信件上所说的。若来发些个不自由的议论，或是写些个有限度的感想，倒不如把这身所直受的人的话语抄写在这里：



××：

这里的事件直至现在仍是很混沌，在“人家”大军从四面八方包围来了的声中，当局还不断地放出和平有望的空气。前几天交通都断绝了，人们逃也无处逃，跑也跑不了，于是大家都觉得人们很能“镇静”，自从平津恢复通车后，情形也不同了，搬家的车，络绎不断地向车站涌，我到站上去看过，行李堆积到屋梁了。

一般汉奸走狗们活动得非常有劲，和平解决的侧面折冲还在天津进行。双方所折冲的是什么，虽有种种传说，但都不能信实，不过前几天，当局发表的谈话和布告，说这次事件是局部的问题，拒绝慰劳，禁止募捐，不许有爱国的组织与行动等看来，也很看出我们当局的意向了。可惜的是，我们虽具“和平”诚意，却不能遏止“人家”占领的决心！等到大军配备好了的时候，“哀的美顿”书会立刻提出来的。

那时日也不会再延到多久。

昨天又听到这样的谣言，是汉奸们向廿九军宣传的：

一、不受共产党的挑拨。

二、不为东北人利用。

三、不做十九路军第二。

他们的理由是中日邦交本不坏，只因共党从中捣鬼而弄坏了；东北人年来高喊“打回老家去”，一旦打回去也只是东北人回到故乡，别人得不到好处；看到十九路军单独抗战的结果，只是单独牺牲。特别是第三项，好似很能打动当局的心。

不过他们所恐惧的，终将不能避免。

我这些天生活很沉闷，天天日间睡午觉，夜间听炮声，在思量着，一旦战事爆发了，应当取怎样的行动。……

吟借给我的两部书，因为担心它们的命运，今天寄出给你们了，和土地比起来，书自然很微小，但我们能保卫的，总不要失去。好，再见！

××七月十九于北平

# 天空的点缀



用了我有点苍白的手，卷起窗纱来，在那灰色的云的后面，我看不到我所要看的东西（这东西是常常见的，但它们真的载着炮弹飞起来的时候，这在我还是生疏的事情，也还是想像着的事情）。正在我踌躇的时候，我看见了：那飞机的翅子好像不是和平常的飞机的翅子一样——它们有大的也有小的——好像还带着轮子，飞得很慢，只在云彩的缝际出现了一下，好像云彩又赶上来把它遮没了。不，那不是一只，那是两只，以后又来了几只。它们都是银白色的，并且又都叫着呜呜的声音，它们每个都在叫着吗？这个，我分不清楚。或者它们每个在叫着的节拍像唱歌似的是有一定的调子，也或者那在云幕当中撒下来的声音就是一片。好像在夜里听着海涛的声音似的，那就是一片了。

过去了！过去了！心也有点平静下来。午饭时用过的家具，我要去洗一洗。刚一经过游廊，又被我看见了，又是两只。这次是在南边，前面一个，后面一个，银白色的，远看有点发黑，于是我听到了我的邻家在说：

“这是去轰炸虹桥飞机场。”

我只知道这是下午两点钟，从昨夜就开始的这战争。至于飞机我就不能够分别了，日本的呢？还是中国的呢？大概是日本的吧！因为是从北边来的，到南边去的，战地是在北边，中国虹桥飞机场是在南边。

我想日本去轰炸虹桥飞机场是真的，于是我又起了很多想头：是日本打胜了吧！所以安闲的去炸中国的后方，是……一定是，那么这是很坏的事情，他们没有止境的屠杀，一定要像大风里的火焰似的那么没有止境……

很快我批驳了我自己的这念头，很快我就被我这没有把握的不正确的热望压倒了：是中国，一定是中国占着一点胜利，日本受了点挫伤。假若是日本占着优势，他一定冲过了中国的阵地而追上去，哪里有工夫用飞机来这边扩大战线呢？

风很大，在游廊上，我拿在手里的家具，感到了点沉重而动摇，一个小白铅锅的盖子，啪啦啪啦的掉下来了，并且在游廊上啪啦啪啦地跑着，我追住了它，就带着它到厨房去了。

至于飞机上的炮弹，落了还是没落呢？我看不见，而且我也听不见，因为东北方面和西北方面炮弹都在开裂着。甚至那炮弹真正从那方面出发，因着回音的关系，我也说不定了。

但那飞机的奇怪的翅子，我是看见了的，我是含着眼泪而看着它们，不，我若真的含着眼泪而看着它们，那就相同遇到了魔鬼而想教导魔鬼那般没有道理。

但在我的窗口，飞着，飞着，飞去又来了的，飞得那么高，好像有一分钟那飞机也没离开我的窗口。因着灰色的云层的掠过，真切了，朦胧了，消失了，又出现了，一个来了，一个又来了。看着这些东西，实在的，我的胸口有些疼痛。

一个钟头看着这样我从来没有看过的天空，看得疲乏了。于是，我看着桌上的台灯，台灯的绿色的伞罩上还画着菊花，又看到了箱子上散乱的衣裳，平日弹着的六条弦的大琴，依旧是站在墙角上。一样，什么都是和平常一样，只有窗外的云，和平日有点不一样，还有桌上的短刀和平日有点不一样，紫檀色的刀柄上镶着两块黄铜，而且还装在红牛皮色的套子里。对于它，我看了又看，我相信我自己决不是拿着这短刀而赴前线。

一九三七，八月十四日

# 失眠之夜

为什么要这样失眠呢！烦躁，呕心，心跳，胆小，并且想要哭泣。

我想想，也许就是故乡的思虑罢。

窗子外面的天空高远了，和白棉一样绵软的云彩低近了，吹来的风好像带点草原的气味，这就是说已经是秋天了。

在家乡那边，秋天最可爱。

蓝天蓝得有点发黑，白云就像银子做成的一样，就像白色的大花朵似的缀在天上；就又像沉重得快要脱离开天空而坠了下来似的，而那天空就越显得高了，高得再没有那么高的。

昨天，我到朋友们的地方走了一遭，听来了好多的心愿——那许多心愿综合起来，又都是一个心愿——这回若真的打回满洲去。有的说，煮一锅高粱米粥喝；有的说，咱家那地豆多么大！说着就用手比量着，这么大，碗大；珍珠米，老的一煮就开了花的，一尺来长的；还有的说，高粱米粥，咸盐豆；还有的说，若真的打回满洲去，三天三夜不吃饭，打着大旗往家跑。跑到家去自然也免不了先吃高粱米粥或咸盐豆。

比方高粱米那东西，平常我就不愿意吃，很硬，有点发涩（也许因为我有胃病的关系），可是经他们这一说，也觉得非吃不可了。



但什么时候吃呢？那我就不知道了。而况我到底是不怎样热烈的，所以关于这一方面，我终究是不怎样亲切。

但我想我们那门前的蒿草，我想我们那后园里开着的茄子的紫色的小花，黄瓜爬上了架。而那清早，朝阳带着露珠一齐来了！

我一说到蒿草或是黄瓜，三郎就向我摆手或摇头：“不，我们家，门前是两棵柳树，树荫交结着做成门形。再前面是菜园，过了菜园就是山。那金字塔形的山峰，正向着我们家的门口，而两边像蝙蝠的翅膀似的向着村子的东方和西方伸展开去。而后园黄瓜，茄子也种着，最好看的是牵牛花在石头墙的缝际爬遍了，早晨带着露水牵牛花开了……”

“我们家就不这样，没有高山，也没有柳树……只有……”我常常就这样打断他。

有时候，他也不等我说完，他就接下去。我们讲的故事，彼此都好像是讲给自己听，而不是为着对方。

只有那么一天：买来了一张《东北富源图》挂在墙上了，染着黄色的平原上站着小马、小羊，还有骆驼，还有牵着骆驼的小人；海上就是些小鱼、大鱼、黄色的鱼、红色的好像小瓶似的大肚的鱼，还有黑色的大鲸鱼；而兴安岭和辽宁一带画着许多和海涛似的绿色的山脉。

他的家就在离着渤海边不远的山脉中，他的指甲在山脉上爬着："这是大凌河……这是小凌河……哼……没有，这地图是个不完全的，是个略图……"

"好哇！天天说凌河，哪儿有凌河呢！"我不知为什么一提到家乡，常常愿意给他扫兴一点。

"你不相信！我给你看。"他去翻他的书橱去了，"这不是么！大凌河……小凌河……小孩的时候在凌河沿上捉小鱼，拿到山上去，在石头片上用火烤着吃……这边就是沈家台，离我们家二里路……"因为是把地图摊在地板上看的缘故，一面说着，他一面用手扫着他已经垂在前额的发梢。

《东北富源图》就挂在床头，所以第二天早晨，我一张开了眼睛，他就抓住了我的手：

"我想将来我回家的时候，先买两匹驴，一匹你骑着，一匹我骑着……先到我姑姑家，再到我姐姐家……顺便也许看看我舅舅去……我姐姐很爱我……她出嫁以后，每回来一次临走的时候就哭一次，姐姐也哭，我也哭……这有七八年不见了！也都老了。”

那地图上的小鱼，红的、黑的，都能够看清，我一边看着，一边听着，这一次我没有打断他，或给他扫一点兴。

“买黑色的驴，挂着铃子，走起来……铛啷啷铛啷啷……”他形容着声音的时候，就像他的嘴里边含着铃子似的在响。

“我带你到沈家台去赶集。那赶集的日子，热闹！驴身上挂着烧酒瓶……我们那边，羊肉非常便宜……羊肉炖片粉……真是味道！哎呀！这有多少年没吃那羊肉啦！”他的眉毛和额头上起着很多皱纹。

我在大镜子里边看到了他，他的手从我的手上抽回去，放在他自己的胸上，而后又反背着放在枕头下面去，但很快地又抽出来。只理一理他自己的发梢又放在枕头上去。

而我呢？我想：

“你们家对于外来的所谓‘媳妇’也一样吗？”我想着就这样说了。

这失眠大概也许不是因为这个。但买驴子的买驴子，吃咸盐豆的吃咸盐豆，而我呢？坐在驴子上，所去的仍是生疏的地方，我停留着的仍然是别人的家乡。

家乡这个观念，在我本不甚切，但当别人说起来的时候，我也就心慌了！虽然那块土地在没有成为日本的之前，“家”在我就等于没有了。

这失眠一直继续到黎明，在黎明之前，在高射炮的声中，我也听到了一声声和家乡一样的震抖在原野上的鸡鸣。

八月，廿二

# 火线外（二章）

## 窗　边

M站在窗口，他的白色的裤带上的环子发着一点小亮，而他前额上的头发和脸就压在窗框上，就这样，很久很久地。同时那机关枪的声音似乎紧急了，一排一排的暴发，一阵一阵地裂散着，好像听到了在大火中坍下来的家屋。“这是哪方面的机关枪呢？”“这枪一开……在电影上我看见过，人就一排一排的倒下去……”“这不是吗……炮也响了……”我在地上走着，就这样散散杂杂地问着M，而他回答我的却很少：

“这大概是日本方面的机关枪，因为今夜他们的援军必要上岸，也许这是在抢岸……也许……”

他说第二个“也许”的时候，我明白了这“也许”一定他是又复现了他曾作过军人的经验。

于是那在街上我所看到的伤兵，又完全遮没了我的视线；他们在搬运货物的汽车上，汽车的四周是插着绿草，车在跑着的时候，那红十字旗在车厢上火苗似地跳动着。那车沿着金神父路向南去了。远处有一个白色的救急车厢上画着一个很大的红十字，就在那地方，那飘蓬着的伤兵车停下，行路的人是跟着拥了去。那车子只停了一下，又倒退着回来了。退到最接近的路口，向着一个与金神父路交叉着的街开去，这条街就是莫利哀路。这时候我也正来到了莫利哀路，在行人道上走着。那插着草的载重车，就停在我的前面，那是一个医院，门前挂着红十字的牌匾。

两个穿着黑色云纱大衫的女子跳下车来。她们一定是临时救护员，臂上包着红十字。这时候，我就走近了。

跟着那女救护员，就有一个手按着胸口的士兵站起来了，大概他是受的轻伤，全身没有血痕，只是脸色特别白。还有一个，他的腿部扎着白色的绷带，还有一个很直的躺在车板上，而他的手就和虫子的脚爪般攀住了树木那样紧抓着车厢的板条。

这部车子载着七八个伤兵，其中有一个，他绿色的军衣在肩头染着血的部分好像被水浸着那么湿，但他也站起来了，他用另一只健康的手去扶着别的一只受伤的手。

女救护员又爬上车来了，我想一定是这医院已经人满，不能再收的缘故。所以这载重车又动摇着，响着，倒退着，冲开着围观的人，又向金神父路退走。就是那肩头受伤的人，他也从原来的地方坐下去。

他们的脸色有的是黑的，有的是白的，有的是黄色的，除掉这个，从他们什么也得不到，呼叫，哼声，一点也没有，好像正在受着创痛的不是人类，不是动物……静静的，静得好像是一棵树木。

人们拥挤着招呼着，抱着孩子，拖着拖鞋，使我感到了人们就像在看“出大差”那种热闹的感觉。

停在我们脚尖前面的这飘蓬的人类，是应该受着无限深沉的致敬的呀!

于是第二部插着绿草的汽车也来到了，就在人们拥挤围观的当中，两部车子一起退去了。

M的腰间仍旧是闪着那带子上的一点小亮，那困恼的头发仍旧是切在窗子的边上。宁静，这深夜的宁静，微风也不来摆动这桌子上的书篇……只在那北方枪炮的世界中，高冲起来的火光中，把M的头部烘托出来一个圆大沉重而安宁的黑影在窗子上。

我想他也和我一样，战争是要战争的，而枪声是并不爱的。

八月十七日

## 小生命和战士

“你看那兵士腰间的刀子，总有点凶残的意味，可是他也爱那么小的孩子。”我这样小声地把嘴唇接近着L的耳边。

其实渡轮正在进行中的声音，也绝对使那兵士不会听到我的话语的。

其中第一个被我注意的，不是那个抱着孩子的，而是另外的一个，他一走上来，就停在船栏的旁边。他那么小，使我立刻想到了小老鼠。两颊从颧骨以下是完全陷下来的，因此嘴唇有点突出。耳朵在帽子的边下，显得贫薄和孤独，和那过大的帽遮一样，对于他都起着一种不配称的感觉。从帽遮我一直望到他黑色的胶底鞋：左手上受了伤，被一条挂在颈间的白布带吊在胸前，他穿着特为伤兵们赶制的过大的棉背心，而这件棉背心就把他装饰成一只小甲虫似的站在那里。等另外两个兵士走近前来的时候，他就让开了。

这两个之中的一个，在我看来是个军官，他并不怎样瘦，有点高大，他受伤的也是左手，同样被一只带子吊在胸前。在他微微的踱着的时候，那黑色皮鞋的后半部不时地被那黄呢裤的边口埋没着。当他同另外的一个讲话的时候，那空着的，垂在左肩的军中黄呢上衣的袖子，显得过于多余的在摆荡——因为他隔一会就要抬一抬左肩的缘故。

我所说的挂着刀的兵士，始终没有给我看到他的正面，因为那受伤的军官和他谈话总是对立着，我所能看到的是他脚上的刺马针、腰间的短刀，他的腰和肩都宽而且圆。那在怀中的孩子时时想要哭，于是他很小心地摇着他，把那包着孩子的军外套隔一会儿拉一拉，或是包紧一点。

不知为什么，我看他好像无论怎样也不能完全忘掉他腰边的短刀，孩子一安静下来，他的左手总是反背过来压在手柄上。

渡轮走近一个停在江心的货船旁边的时候，因为那船完全熄了灯火，所以好像一座小城似的黑黑地睡在江心上，起重机上还有一个大皮囊似的东西在高悬着。

我是背着锅炉站着的，背后的温暖已经增加到不能忍耐的程度，所以我稍稍离开一点，可是我的背后仍接近着温暖，而我的胸前却向着寒凉的江水。

那军官的烟火照红了他过高的鼻子，而后轻轻地好像从指尖上把它一弹，那烟火就掠过了船栏而向着月下的江水奔去了。

我一转身就看到了那第一个被我注意的伤兵就站在我的旁边，似乎在这船上并没有他的同伴，他带着衰弱或疲乏的样子在望着江水。他好像在寻找什么，也好像他要细听一听什么，或者也都不是，或者他的心思完全系在那只吊在胸前的左手上。

前边就是黄鹤楼，在停船之前，人们有的从座位上站起来，有的在移动着，船身和码头所激起来的水声，很响的在击撞着。即使那士兵的短刀的环子碰击得再响亮一点，我也不能听到，只有想像着：那紧贴在兵士胸前的孩子的心跳和那兵士的心跳，是不是他们彼此能够听到？

十，廿二日

# 两种感想

经过黄鹤楼的时候，每每要想到古人某某在黄鹤楼上饮过酒。接着又必想到“周郎赤壁”，其实赤壁还离得远呢！至于远多少，我也不知道。不过此刻长江究竟是在我的脚边上。

读了古时的诗或文章之后，留给我的印象是：长江的波涛汹涌，滚滚东流。比方周瑜和曹操打仗竟有人留下这样的词被我读过了：“……惊涛拍岸，卷起千堆雪……”于是我最佩服长江。

等我真的来到了长江一看么！不对的，于是又给了我一个信念：长江也不过尔尔。这里所说的尔尔，就是说长江也不过就是一条平凡的河而已。

其实不对，长江那么长，就是“惊涛拍岸”，周瑜和曹操打仗，还分那一段不呢！但这也难怪，自幼生于北方，没有见过梅花，没有见过竹林，对于南方的过于梦想，多少总带着点迷失味。

前天晚上在黄鹤楼下闲荡着的时候，左面的空中悬着满了一半的月亮，右面对着向我流来的江水，我的心上又要起着那已经习惯了的胡思乱想。这时候听到有人说："壮丁，壮丁。"（而后知道是从外省开来的军队）但看上去，只是黑压压的一堆，细看，才知道那是在成着瘖哑的行列走向市轮渡的入口，那些赤着的脚好像树枝一样摊开在水门汀的码头上。担着锅的，背着稻草的，软体的虫类似的那么没有声音地向前蠕进。在这行列之中，也走着孩子兵，那脸孔，和一张新封起来的小圆鼓那么平滑，我偶然听到他们的喉音，使我想到了还没有成熟的鸟雏的呀叫。这就是我们中华受罪的民族！

我坐在市轮渡的尾上，回头而望着长江镇静的，没有波浪。若不是看见了江上摇摇不定的小划船的灯火，我会以为这船是走在大陆上。若不是适才我看见了这些近代的兵士，我会以为我是古代的人了。

下了市轮渡，换了马车，在马蹄的响声中，是去赴招待"第五路军政训处"人员的晚会。

在长桌的周围，招待者和被招待者互相的讲着话，是站起来讲的，是非常规矩的，虽然是茶会，但像个什么纪念日，时时有准备着向国旗的鞠躬的可能。不管这地方好不好，对不对，我是不大喜欢的。于是我开始要吃糖或吃点心，可是没有人动手，点心们被摆出花样来站在桌子中心的那条红绸子上，我想：点心们也庄严起来了！我没敢动它。

站在我对面讲话的人，讲得很激动，把一个字说了两次或三次，还没有说出来，也许说出来再重复一遍，我看他领上的四个金梅花有点碍事，并且他的眼镜好像已经不透明一样在妨害着他。我正在计划着那离得我较远的那盘点心中，有一块炮弹形的，是否我用叉子，伸出胳臂去，不站起来就可以拿到它。这时候，那站在对面的两手压着桌边的武装同志，他说到我的名字和萧军，他这样说之后，我就停下获起那块点心的计划了。不是对于自己过于注意，因为我忽然想起上海北四川路的日本酒馆来了，也是在晚上，桌子上面也摆着杯盘，由于两位日本朋友的介绍，也认识了他们的朋友，也是日本人。这人的身长比普通的中国人还高，他的笑声非常开敞，能够听懂或是说些"东北"的方言。他是来自"满洲国"，在"满洲国"做参事官。日本人也一样，他也坐过一年监狱。初一听来，我不懂得，而后才知道因为他接济义勇军。他很能喝酒，日本的酒壶和小花瓶似的，他喝了不知多少壶。他好几次的给我们斟满了杯子，并且让我们高举起来，大家一同喝下去，一直喝到他的嘴角上发着亮光，酒已经顺着嘴流了下来的时候，他仍然在喝，也许他看我们喝得没有他多，他忽然说：

"'满洲国'你们放心吧！"他手中的酒壶又向着我们这

边来了。

因为完全是日本式的酒馆，我回过头去，看着檐上挂着的小红灯笼。我这受了感动的样子好像怕羞一样，使我躲避着别人的视线，正和前晚一样，当那位武装同志的手头压着桌边，我听他说道：

“……我们觉得很高兴的……我能够和 ××××——东北逃出来的同志一同作这为着中华民族解放的工作……”的那一刻一样，我是面颊发烧而低下了头去。

两个国家的人，有一个国家的人的亲切，一个国家的人，感到了两个国家的人的诚恳。

回来的时候，在轮渡上一同来的两个人都睡了。一个是萧军，还有另外一个朋友。他们竖起来的大氅的领子接近着帽沿，睡得像两个枭鸟似的。

只剩我一个人，怎么谈古论今？只好对着江水静静地坐着。

一九三七，十一月十六日，武昌

# 一条铁路底完成

一九二八年的故事，这故事，我讲了好几次。而每当我读了一节关于学生运动记载的文章之后，我就想起那年在哈尔滨的学生运动，那时候我是一个女子中学里的学生，是开始接近冬天的季节。我们是在二层楼上有着壁炉的课室里面读着英文课本。因为窗子是装着双重玻璃，起初使我们听到的声音是从那小小的通气窗传进来的。英文教员在写着一个英文字，他回一回头，他看一看我们，可是接着又写下去，一个字终于没有写完，外边的声音就大了，玻璃窗子好像在雨天里被雷声在抖着似的那么轰响。短板墙以外的石头道上在呼唬着的，有那许多人，我从来没有见过，使我想像到军队，又想到马群，又想像到波浪，……总之对于这个我有点害怕。校门前跑着拿长棒的童子军，而后他们冲进了教员室，冲进了校长室，等我们全体走下楼梯的时候，我听到校长室里在闹着。这件事情一点也不光荣，使我以后见到男学生们总带着对不住或软弱的心情。

“你不放你的学生出动吗？……我们就是钢铁，我们就是熔炉……”跟着就听到有木棒打在门扇上或是地板上，那乱糟糟的鞋底的响声。这一切好像有一场大事件就等待着发生，于是有一种庄严而宽宏的情绪高涨在我们的血管里。

“走！跟着走！”大概那是领袖，他的左边的袖子上围着一圈白布，没有戴帽子，从楼梯口向上望着，我看他们快要变成播音机了：“走！跟着走！”

而后又看到了女校长的发青的脸，她的眼和星子似的闪动在她的恐惧中。

“你们跟着去吧！要守秩序。”她好像被鹰类捉拿到的鸡似的软弱，她是被拖在两个戴大帽子的童子军的臂膀上。

我们四百多人在大操场上排着队的时候，那些男同学们还满院子跑着，搜索着，好像对于小偷那种形式，侮辱！侮辱！他们竟搜索到厕所。

女校长那昏蛋，刚一脱离了童子军的臂膀，她又恢复了那假装着女皇的架子。

“你们跟他们去，要守秩序，不能破格……不能和那些男学生们那么没有教养，那么野蛮……”而后她抬起一只袖子来：“你们知道你们是女学生吗？记得住吗？是女学生。”

在男学生们的面前，她又说了这样的话，可是一走出校门来不远，连对这侮辱的愤怒都忘记了。向着喇嘛台，向着火车站。小学校，中学校，大学校，几千人的行列……那时候我觉得我是在这几千人之中，我的脚步我觉得很有力。凡是我看到的东西，已经都变成了严肃的东西，无论马路上的石子，或是那已经落了叶子的街树。反正我是站在“打倒日本帝国主义”的喊声中了。

走向火车站必得经过日本领事馆。我们正向着那座红楼咆哮着的时候，一个穿和服的女人打开走廊的门扇而出现在闪烁的阳光里。于是那“打倒日本帝国主义”的大叫改为“就打倒你”！她立刻就把身子抽回去了。那么红楼完全停在寂静中，只是楼顶上的太阳旗被风在折合着。走在石头道街又碰到了一个日本女子，她背上背着一个小孩，腰间束了一条小白围裙，围裙上还带着花边，手中还提着一棵大白菜。我们又照样做了，不说“打倒日本帝国主义”，而说“就打倒你！”因为她是走马路的旁边，我们就用手指着她而喊着。另一方面我们又用自己光荣的情绪去体会她狼狈的样子。

第一天叫做“游行”“请愿”，道里和南岗去了这两部分市区，这市区有点像租界，住民多是外国人。

长官公署、教育厅都去过了，只是“官们”出来拍手击掌的演了一篇说，结果还是：“回学校去上课罢！”

日本要完成吉敦路这回事情，究竟“官们”没有提到。

在黄昏里，大队分散在道尹公署的门前，在那个孤立着的灰色的建筑物前面，装置着一个大圆的类似喷水池的东西。有一些同学就坐在那边沿上，一直坐到星子们在那建筑物的顶上闪亮了，那个“道尹”究竟还没有出来，只看见卫兵们在台阶上，在我们的四围挂着短枪来回地在戒备着。而我们则流着鼻涕，全身打着抖在等候着。到底出来了一个姨太太，那声音我们一些些也听不见。男同学们跺着脚，并且叫着，在我听来已经有点野蛮了：

“不要她……去……去……只有官僚才要她……”

接着又换了个大太太（谁知道是什么，反正是个老一点的），不甚胖，有点短。至于说些什么，恐怕也只有她自己的圆肚子才能够听到。这还不算什么惨事，我一回头看见了有几个女同学尿了裤子的（因为一整天没有遇到厕所的缘故）。

第二天没有男同学们来攫，是自动出发的，在南岗下许公路的大空场子上开的临时会议，这一天不是“游行”，不是“请愿”，而要“示威”了。脚踏车队在空场四周绕行着，学生联合会的主席是个很大的脑袋的人，他没有戴帽子，只戴了一架眼镜。那天是个落着清雪的天气，他的头发在雪花里边飞着，他说的话使我很佩服，因为我从来没有晓得日本还与我们有这样大的关系，他说日本若完成了吉敦路就可以向东三省进兵，他又说又经过高丽又经过什么……并且又听他说进兵进得那样快，也不是二十几小时？就可以把多少大兵向我们的东三省开来，就可以灭我们的东三省。我觉得他真有学问，由于崇敬的关系，我觉得这学联主席与我隔得好像大海那么远。

组织宣传队的时候，我站过去，我说我愿意宣传。别人都是被推举的，而我是自告奋勇的。于是我就站在雪花里开始读着我已经得到的传单。而后有人发给我一张小旗，过一会又有人来在我的胳臂上用扣针给我针上一条白布，那上面还卡着红色的印章，究竟那红印章是什么字，我也没有看出来。

大队开到差不多是许公路的最终极，一转弯到一个横街里去，那就是滨江县的管界。因为这界限内住的纯粹是中国人，和上海的华界差不多。宣传队走在大队的中间，我们前面的人已经站住了，并且那条横街口上站着不少的警察，学联代表们在大队的旁边跑来跑去。昨天晚上他们就说：“冲！冲！”我想这回就真的到了冲的时候了吧？

学联会的主席从我们的旁边经过，他手里提着一个银白色的大喇叭筒，他的嘴接到喇叭筒的口上，发出来的声音好像牛鸣似的：

“诸位同学！我们是不是有血的动物！我们愿不愿意我们的老百姓来给日本帝国主义做奴才……”而后他跳着，因为激动，他把喇叭筒像是在向着天空，“我们有决心没有？我们怕不怕死？”

“不怕！”虽然我和别人一样的嚷着不怕，但我对这新的一刻工夫就要来到的感觉好像一棵嫩芽似的握在我的手中。

那喇叭筒的声音到队尾去了，虽然已经遥远了，但还足够来震动我的心脏。我低下头去看着我自己的被踏污了的鞋尖，我看着我身旁的那条阴沟，我整理着我的帽子，我摹摹那帽顶的毛球。没有束围巾，也没有穿外套。对于这个给我生了一种侥幸的心情！

“冲的时候，这样轻便不是可以飞上去吗？”昨天计划今天是要“冲”的，但不知为什么，我总觉得我有点特别聪明。

大喇叭筒跑到前面去时，我就闪开了那冒着白色泡沫的阴沟，我知道“冲”的时候就到了。

我只感到我的心脏在受着拥挤，好像我的脚跟并没有离开地面而自然它就会移动似的。我的耳边闹着许多种声音，那声音并不大，也不远，也不响亮，可觉得沉重，带来了压力，好像皮球被穿了一个小洞丝丝的在透着气似的，我对我自己毫没有把握。

“有决心没有？”

“有决心！”

“怕死不怕死？”

“不怕死。”

这还没有反复完，我们就退下来了。因为是听到了枪声，起初是一两声，而后是接连着。大队已经完全溃乱下来，只一秒钟，我们旁边那阴沟里，好像猪似的浮游着一些人。女同学被拥进去的最多，男同学在往岸上提着她们，被提的她们满身带着泡沫和气味，她们那发疯的样子很可笑，用那挂着白沫和糟粕的戴着手套的手搔着头发，还有的和已经癫痫的人似的，她在人群中不停地跑着：那被她擦过的人们，他们的衣服上就印着各种不同的花印。

大队又重新收拾起来，又发着号令，可是枪声又响了，对于枪声，人们像是看到了火花似的那么热烈。至于“打倒日本帝国主义”“反对日本完成吉敦路”，这事情的本身已经被人们忘记了，唯一所要打倒的就是滨江县政府。到后来连县政府也忘记了，只“打倒警察，打倒警察……”这一场斗争到后来我觉得比一开头还有趣味，在那时，“日本帝国主义”，我相信我绝对没有见过，但是警察我是见过的，于是我就嚷着：

“打倒警察，打倒警察！”

我手中的传单，我都顺着风让它们飘走了，只带着一张小白旗和自己的喉咙从那零散下来的人缝中穿过去。

那天受轻伤的共有二十几个。我所看到的只是从他们的身上流下来的血还凝结在石头道上。

满街开起电灯的夜晚，我在马车和货车的轮声里追着我们本校回去的队伍，但没有赶上，我就拿着那卷起来的小旗走在行人道上。我的影子混杂着别人的影子一起出现在商店的玻璃窗上，我每走一步，我看到了玻璃窗里我帽顶的毛球也在颠动一下。

男同学们偶尔从我的身边经过，我听到他们关于受伤的议论和救急车。

第二天的报纸上躺着那些受伤的同学们的照片，好像现在的报纸上躺的伤兵一样。

以后，那条铁路到底完成了。

一九三七年十一月，二十七日，汉口

# 一九二九年底愚昧

前一篇文章已经说过，一九二八年为着吉敦路的叫喊，我也叫喊过了。接着就是一九二九年。于是根据着那第一次的经验，我感觉到又是光荣的任务降落到我的头上来。

这是一次佩花大会，进行得很顺利，学校当局并没有加以阻止，而且那个白脸的女校长在我们用绒线剪作着小花朵的时候，她还跑过来站在旁边指导着我们。一大堆蓝色的盾牌完全整理好了的时候，是佩花大会的前一夜。楼窗下的石头道上落着那么厚的雪。一些外国人家的小房和房子旁边的枯树都膨涨圆了，那笨重而粗钝的轮廓就和穿得饱满的孩子一样臃肿。我背着远近的从各种颜色的窗帘透出来的灯光，而看着这些盾牌，盾牌上插着那些蓝色的小花，因着密度的关系，它们一个压着一个几乎是连成了排。那小小的黄色的花心蹲在蓝色花的中央，好像小金点，又像小铜钉……

这不用说，对于我，我只盼想着明天，但是这一夜把我和明天隔离着，我是跳不过去的，还只得回到宿舍去睡觉。

这一次的佩花，我还对中国人起着不少的悲哀，他们差不多是绝对不肯佩上。有的已经为他们插在衣襟上了，他们又动手自己把它拔下来，他们一点礼节也不讲究，简直是蛮人！把花差不多是捏扁，弄得花心几乎是看不见了。结果不独整元的，竟连一枚铜板也看不见贴在他们的手心上。这一天，我是带着愤怒的，但也跑得最快，我们一小队的其余的三个人，常常是和我脱离开。

我的手套跑丢了一只，围巾上结着冰花，因为眼泪和鼻涕随时地流，想用手帕来揩擦，在这样的时候，在我是绝对顾不到的。等我的头顶在冒着气的时候，我们的那一小队的人说：

“你太热心啦，你看你的帽子已经被汗湿透啦！”

自己也觉得，我大概像是厨房里烤在火炉旁的一张抹布那么冒气了吧？但还觉得不够。什么不够呢？那时候是不能够分析的。现在我想，一定是一九二八年“游行”和“示威”的时候，喊着“打倒日本帝国主义”，而这回只是给别人插了一朵小花而没有喊“帝国主义”的缘故。

我们这一小队是两个男同学和两个女同学。男同学是第三中学的，一个大个，一个小个。那个小个的，咳嗽着，像个小老头；那个大个的，在我看来，他的鼻子有点发歪。另一个女同学是我的同班，她胖，她笨，穿了一件闪亮的黑皮大衣，走起路来和鸭子似的，只是鸭子没有全黑的。等到紧急的时候，我又看她像一只猪。

“来呀！快点呀，好多，好多……”我几乎要说：好多买卖让你们给耽误了。

等他们跑上来，我把已经打成绉折、卷成一团的一元一元的钞票舒展开，放进用铁做的小箱子里去。那小箱子是挂在那个大个的男同学的胸前。小箱子一边接受这钞票，一边不安地在滚动。

“这是外国人的钱……这些完全是……是俄国人的……”往下我没有说，“外国人，外国人多么好哇！他们捐了钱去打他们本国，为着‘正义’。”

我走在行人道上，我的鞋底起着很高的冰锥，为着去追赶那个胖得好像行走的鸵鸟似的俄国老太婆。我几乎有几次要滑倒，等我把钱接过来，她已经走得很远，我还站在那里看着她帽子上插着的那棵颤抖着的大鸟毛，说不出是多么感激和多么佩服那黑色皮夹子因为开关而起的响声，那脸上因着微笑而起的皱折。那蓝色带着黄心的小花恰恰是插在她外衣的左领边上，而且还是我插的。不由得把自己也就高傲了起来。对于我们那小队的其余三个人，于是我就带着绝顶侮蔑的眼光回头看着他们。他们是离得我那么远，他们向我走来的时候，并不跑，而还是慢慢地走，他们对于国家这样缺乏热情，使我实在没有理由把他们看成我的“同志”。他们称赞着我，说我热情，说我勇敢，说我最爱国。但我并不能够因为这个，使我的心对他们宽容一点。

“打苏联，打苏联……”这话就是这么简单，在我觉得十分不够。想要给添上一个“帝国主义”吧！但是从学联会发下来的就没有这一个口号。

那么，苏联为什么就应该打呢？“又不是帝国主义。”

这个我没有思索过，虽然这中苏事件的一开端我就亲眼看过。

苏联大使馆被检查，这事情的发生是六月或者是七月。夜晚并不热，我只记住天空是很黑的，对面跑来的马车，因为感觉上凉爽的关系，车夫台两边挂着的灯火就像发现在秋天树林子里的灯火一样。我们这女子中学每晚在九点钟的时候，有一百人以上的脚步必须经过大直街的东段跑到吉林街去。我们的宿舍就在和大直街交叉着的那条吉林街上。

苏联大使馆也在吉林街上，隔着一条马路和我们的宿舍斜对着。

这天晚上，我们走到吉林街口就被停住了。手电灯晃在这条街上，双轮的小卡车靠着街口停着好几个，行人必得经过检查才能够通过。我们是经过了交涉才通过的。

苏联大使馆门前的卫兵没有了，从门口穿来穿往的人们，手中都拿着手电灯，他们行走得非常机械，忙乱的，不留心地用手电灯四处照着，以致行人道上的短杨树的叶子的闪光和玻璃似的一阵一阵的出现。大使馆楼顶那个圆圈形的里边闪着几个外国字母的电灯盘不见了，黑沉沉的楼顶上连红星旗子也看不见了，也许是被拔掉了。并且所有的楼窗好像埋下地窖去那么昏黑。

关于苏联，或者就叫俄国吧，虽然我的生地和它那么接近，但我怎么能够知道呢？我不知道。那还是在我小的时候，“买羌贴”，“买羌贴”，“羌贴”是旧俄的纸币（纸鲁布）。邻居们买它，亲戚们也买它，而我的母亲好像买得最多。夜里她有时候不睡觉，一听门响，她就跑出去开门，而后就是那个老厨子咳嗽着，也许是提着用纱布作的、过年的时候挂在门前的红灯笼，在厨房里他用什么东西打着他鞋底上结着的冰锥。他和母亲说的是什么呢？微小得像是什么也没有说。厨房里好像并没有人，只是那些冰锥从鞋底打落下的声音我能够听得到，有时候他就把红灯笼也提进内房来，站在炕沿旁边的小箱子上，母亲赶快就去装一袋烟，母亲从来对于老厨子没有这样做过。还不止装烟，我还看见了给他烫酒，给他切了几片腊肉放在小碟心里。老厨子一边吃着腊肉，一边上唇的胡子流着水珠，母亲赶快在旁边拿了一块方手巾给他。我认识那方手巾就是我的。而后母亲说：

“天冷啊！‘三九’天有胡子的年纪出门就是这手不容易。”

这一句话高于方才他们所说的那一大些话。什么“行市”啦！“涨”啦！“落”啦！应该卖啦吧！这些话我不知为什么他们说得那么严重而低小。

家里这些日子在我觉得好像闹鬼一样，灶王爷的香炉里整夜地烧着香。母亲夜里起来，洗手洗脸，半夜她还去再烧一次。有的时候，她还小声一个人在说着话。我问她的时候，她就说吟她的是《金刚经》。而那香火的气味满屋子都是。并且她和父亲吵架，父亲骂她“受穷等不到天亮”，母亲骂他“愚顽不灵”。因为买“羌贴”这件事情父亲始终是不赞成的。父亲说：

“皇党和穷党是俄国的事情，谁胜谁败我们怎能够知道！”

而祖父就不那么说，他和老厨子一样：

“那穷党啊！那是个胡子头，马粪蛋不进粪缸，走到哪儿不也还是个臭？”

有一夜，那老厨子回来了，并没有敲打鞋底的冰锥，也没有说话。母亲和他在厨房里都像被消灭了一样，而后我以为我是听到哭声，赶快跑起来去看，并没有谁在哭，是老厨子的鼻头流着清水的缘故。他的灯笼并不放下，拖得很低，几乎灯笼底就落在地上，好像随时他都要走。母亲和逃跑似的跑到内房来，她就把脸伏在我的小枕头上，我的小枕头就被母亲占据了一夜。

第二天他们都说“穷党”上台了。

所以这次佩花大会，我无论做得怎样吃力，也觉得我是没有中心思想。“苏联”就是“苏联”，它怎么就不是“帝国主义”呢？同时在我宣传的时候，就感到种种的困难。困难也照样做了。比方我向着一个“苦力”狂追过去，我拦断了他的行路，我把花给他，他不要，只是把几个铜板托在手心上，说：

“先生，这花像我们做‘苦力’的戴不得，我们这穿着就是戴上也不好看，还是给别人去戴吧！”

虽然只那么几个铜板，我也收过来。

还有比这个现在想起来使我脸皮更发烧的事情：我募捐竟募到了一分邮票和一盒火柴。那小烟纸店的老板无论如何摆脱不了我的缠绕之后，竟把一盒火柴摔在柜台上。火柴在柜台上花喇喇地滚到我的旁边，我立刻替国家感到一种侮辱。并不把火柴收起来，照旧向他讲演，接着又捐给我一分邮票。我虽然像一个叫花子似的被人接待着，但在精神上我相信是绝对高傲的。火柴没有要，邮票到底收下了。

我们的女校，到后来竟公开的领导我们，把一个苏联的也不知道是什么“子弟学校”给占过来做我们的宿舍。那真阔气，和席子纹一样的拼花地板，玻璃窗子好像商店的窗子那么明朗。

在那时节我读着辛克来的《屠场》，本来非常苦闷，于是对于这本小说用了一百二十分的热情读下去的。在那么明朗的玻璃窗下读。因为起早到学校去读，路上时常遇到戒严期的兵士们的审问和刺刀的闪光。结果恰恰相反，这本小说和中苏战争同时启发着我，是越启发越坏的。

正在那时候，就是佩花大会上我们同组那个大个的、鼻子有点歪的男同学还给我来一封信，说我勇敢，说我可钦佩，这样的女子他从前没有见过。而后是要和我交朋友。那时候我想不出什么理由来，现在想：他和我原来是一样混蛋。

一九三七,十二,十三日

# 《大地的女儿》与《动乱时代》

对于流血这件事我是憎恶的。断腿、断臂，还有因为流血过多而患着贫血症的蜡黄的脸孔们。我一看到，我必要想：丑恶，丑恶，丑恶的人类！

史沫特烈的《大地的女儿》和丽洛琳克的《动乱时代》，当我读完第一本的时候，我就想把这本书作一个介绍。可总是没有作，怕是自己心里所想的意思，因为说不好，就说错了。这种念头当我读着《动乱时代》的时候又来了。但也未能作，因为正是上海抗战的开始。我虽住在租界上，但高射炮的红绿灯在空中游着，就像在我的房顶上那么接近，并且每天夜里我总见过几次，有时候推开窗子，有时也就躺在床上看。那个时候就只能够看高射炮和读读书了，要想谈论，是不可能的，一切刊物都停刊了。单就说读书这一层，也是糊里糊涂的读，《西洋文学史话》、荷马的《奥德赛》也是在那个时候读的。《西洋文学史话》上说，什么人发明了造纸，这“纸”对人类文化，有着多大的好处，后来又经过某人发明了印刷机，这印刷机又对人类有多大的好处。于是也很用心读，感到人类生活的足迹是多么广泛啊！于是看着书中的插图和发明家们的画像，并且很吃力地想要记住那画像下面的人名。结果是越想求学问，学问越不得。也许就是现在学生们所要求的战时教育罢！不过在那时，我可没想到当游击队员。只是刚一开火，飞机、大炮、伤兵、流血，因为从前实在没有见过，无论如何我是吃不消的。

《动乱时代》的一开头就是行李、箱子、盆子、罐子、老头、小孩、妇女和别的应该随身的家具。恶劣的空气，必要的哭闹外加打骂。买三等票的能坐到头等二等的车厢，买头等二等票的在三等车厢里得到一个位置就觉得满足。未满八岁的女孩——丽洛琳克——依着她母亲的膝头站在车厢的走廊上，从东普鲁士逃到柏林去。因为那时候，我也正想要离开上海，所以合上了书本想了一想，火车上是不是也就这个样子呢？这书的一开头与我的生活就这样接近。她写的是，一九一四年欧战一开始的情形，从逃难起，一直写下去，写到她二十几岁。这位作者在书中常常提到她自己长得不漂亮。对这不漂亮，她随时感到一种怨恨自己的情绪。她有点蛮强，有点不讲理，她小的时候常常欺侮她的弟弟。弟弟的小糖人放在高处，大概是放在挂衣箱的后面，并且弟弟每天登着板凳向后面看他的小糖人。可是丽洛琳克也到底偷着给他吃了一半，剩下那小糖人的上身仍旧好好地站在那里。对于她这种行为我总觉得有点不当。因为我的哲学是："不受人家欺侮就得啦，为什么还去欺侮人呢？"仔细想一想，有道理。一个人要想站在边沿上，要想站得牢是不可能的。一定这边倒倒，那边倒倒，若不倒到别人那边去，就得常常倒到自己这边来——也就是常常要受人家欺侮的意思。所以"不受人家欺侮就得啦"这哲学是行不通的（将来的社会不在此例）。丽洛琳克的力量就绝不是从我的那哲学培养出来的，所以她张开了手臂接受一九一四年开始的战争，她勇敢地呼吸着那么痛苦的空气。她的父亲、她的母亲都很爱她，但都一点也不了解她。她差不多经过了十年政党斗争的生活，可是终归离开了把她当作唯一安慰的母亲，并且离开了德国。



书的最末页我翻完了的时候，我把它放在膝盖上，用手压着，静静地听着窗外树上的蝉叫。"很可以""很可以"——我反复着这样的字句，感到了一种酸鼻的滋味。

史沫特烈我是见过的，是前年，在上海。她穿一件小皮上衣，有点胖，其实不是胖，只是很大的一个人，笑声很响亮，笑得过分的时候是会流着眼泪的。她是美国人。

男权中心社会下的女子，她从她父亲那里就见到了，那就是她的母亲。我恍恍惚惚的记得，她父亲赶着马车来了，带回一张花绸子了。这张绸子指明是给她母亲做衣裳的，母亲接过来，因为没有说一声感谢的话，她父亲就指问着："你永远不会说一声好听的话吗？"男权社会中的女子就是这样的。她哭了，眼泪就落在那张花绸子上。女子连一点点东西都不能白得，哪管就不是自己所要的也得牺牲好话或眼泪。男子们要这眼泪一点用处也没有，但他们是要的。而流泪是痛苦的，因为泪腺的刺激，眼珠发涨，眼睑发酸发辣，可是非牺牲不可。

《大地的女儿》的全书是晴朗的，健康的，艺术的，有的地方会使人发抖，那么真切。

前天是个愉快的早晨，我起得很早，生起了火炉，室内的温度是摄氏表十五度，杯子是温暖的，桌面也是温暖的，凡是我的手所接触到的都是温暖的，虽然外边落着雨，间或落着雪花。昨天为着介绍这两本书而起的嘲笑的故事，我都要一笔一笔的记下来。当我借来了这两本书（要想重新翻一翻），被他们看见了。用那么苗细的手指彼此传过去，而后又怎样把它放在地板上：

"这就是你们女人的书吗？看一看！它在什么地方！"话也许不是这样说的，但就是这个意思。因为他们一边说着一边笑着，并且还唱着古乐谱：

"工车工车上……六工尺……"这唱古乐谱的手中还拿着中国毛笔杆，他脸用一本书遮上了上半段。他越反复越快，简直连成串了。

嗯！等他听到说这《大地的女儿》写得好，转了风头了。

他立刻停止了唱“工尺”，立刻笑着，叫着，并且用脚跺着地板，好像这样的喜事从前没有被他遇见过：“是呵！不好，不好……”

另一个也发狂啦！他的很细的指尖在指点着书封面：“这就是吗？《动乱时代》……这位女作家就是两匹马吗？”当然是笑得不亦乐乎：“《大地的女儿》就这样？不穿衣裳，看唉！看唉！”

这样新的刺激我也受不住了，我的胸骨笑得发痛。《大地的女儿》的封面画一个裸体的女子。她的周围：一条红，一条黄，一条黑，大概那表现的是地面的气圈。她就在这气圈里边像是飞着。

这故事虽然想一想，但并没有记一笔，我就出去了，打算到菜市去买一点菜回来。回来的时候，在一家门楼下面，我看见了一堆草在动着。因为是小巷，行人非常稀少，我忽然有一种害怕的感觉。这是人吗？人会在这个地方吗？坐起来了，是个老头，一件棉袄是披着，赤裸的胸口跳动在草堆外面。

我把菜放在家里，拿了钱又转回来的时候，他的胸膛还跳动在草堆的外面。

“你接着啊！我给你东西。”

稀疏地落着雪花的小巷里，我的雨伞上同时也有雨点在拍拍的跳着。

“给你，给你东西呀！”

这时我听到他说了：

“我是瞎子。”

“你伸出手来！”

他周遭的碎草苏嘎地响着，是一只黄色的好像生了锈的黄铜的手和小爪子似的向前翻着。我跑上台阶去，于是那老头的手心上印着一个圆圆的闪亮的和银片似的小东西。

我憎恶打仗，我憎恶断腿、断臂。等我看到了人和猪似的睡在墙根上，我就什么都不憎恶了，打吧！流血吧！不然，这样猪似的，不是活遭罪吗？

有几位女同学到我家里过，在这抗战时期她们都感苦闷。到前方去工作呢？而又哪里收留她们工作呢？这种苦闷会引起一时的觉醒来。不是这觉醒不好，一时的也是好的。但我觉得应该更长一点。比方那老头明明是人不是猪，而睡在墙根上，这该作何讲解呢？比方女人明明也是人，为什么当她得到一块衣料的时候，也要哭泣一场呢？理解是应该理解的，作不到不要紧，准备是必须的。所以我对她们说：“应该多读书。”尤其是这两本书，非读不可。我也体验得到她们那种心情，急于要找实际的工作，她们的心已经悬了起来，不然是落不下来的，就像小麻雀已经长好了翅子，脚是不会沾地的。

这种苦闷是热烈的，应该同情的。但长久了是不行的，抗战没有到来的时候，脑子里头是个白丸。抗战到来了，脑子里是个苦闷。抗战过去了，脑子里又是个白丸。这是不行的。抗战是要建设新中国，而不是中国塌台。

又想起来了：我敢相信，那天晚上的嘲笑决不是真的，因为他们是智识分子，并且是维新的而不是复古的。那么说，这些话也只不过是玩玩，根据年轻好动的心理，大家说说笑笑，但为什么常常要取着女子做题材呢?



读读这两本书就知道一点了。

不是我把女子看得过于了不起，不是我把女子看得过于卑下；只是在现社会中，以女子出现，造成这种斗争的记录，在我觉得她们是勇敢的，是最强的，把一切都变成了痛苦出卖而后得来的。

一九三八，一，三日，武昌

# 记鹿地夫妇

池田在开仗的前夜，带着一匹小猫仔来到我家的门口，因为是夜静的时候，那鞋底拍着楼廊的声音非常响亮。

“谁呀！”

这声音并没有回答，我就看到是日本朋友池田，她的眼睛好像被水洗过的玻璃似的那么闪耀。

“她怎么这时候来的呢？她从北四川路来的……”这话在我的思想里边回绕了一周。

“请进来呀！”

一时看不到她的全身，因为她只把门开了一个小缝。

“日本和中国要打仗。”

“什么时候？”

“今天夜里四点钟。”

“真的吗？”

“一定的。”

我看一看表，现在是十一点钟。

“一——二——三——四——五——”我说还有五个钟头。

那夜我们又讲了些别的就睡了。军睡在外室的小床上，我和池田就睡在内室的大床上。这一夜没有睡好，好像很热，小猫仔又那么叫，从床上跳到地上，从地上又跳到椅子上，而后再去撕着窗帘。快到四点钟的时候，我好像听到了两下枪声。

“池田，是枪声吧！”

“大概是！”

“你想鹿地怎么样，若真的今夜开仗，明天他能跑出来不能？”

“大概能，那就不知道啦！”

夜里开枪并不是事实，第二天我们吃完午饭，三个人坐在地板的凉席子上乘凉。这时候鹿地来了，穿一条黄色的短裤，白衬衫，黑色的卷卷头发，日本式的走法。走到席子旁边，很习惯的就脱掉鞋子坐在席子上。看起来他很快活，日本话也说，中国字也有。他赶快的吸纸烟，池田给他作翻译。他一着急就又加几个中国字在里面，转过脸来向我们说：

“是的，拍！拍！拍！开枪啦……”

“在什么地方开的？”我问他。

“在陆战队……边上。”

“你看见了吗？”

“看见的……”

他说话十分喜欢用手势：

“我，我，我看见啦。北四川路没有人，北四川路死啦……完全死啦！”而后他用手巾揩着汗。但是他非常快活，笑着，全身在轻松里边打着转。我看他像洗过羽毛的雀子似的振奋，因为他的眼光和嘴唇都像讲着与他不相干的同时非常感到兴味的人的一样。

夜晚快要到来了，第一发的炮声过去了。而我们四个人——池田，鹿地，萧军和我——正在吃晚饭，池田的大眼睛对着我，萧军的耳朵向旁边歪着，我则感到心脏似乎在移动。但是我们合起声音来：

“哼！”彼此点了点头。

鹿地有点像西洋人的嘴唇，扣得很紧。

第二发炮弹发过去了。

池田仍旧用日本女人的跪法跪在席子上，我们大概是用一种假象把自己平定下来，所以仍旧吃着饭。鹿地的脸色自然变得很不好看了。若是我，我一定想到这炮声就使我脱离了祖国。但是他的感情一会就恢复了。他说：

“日本这回坏啦，一定坏啦……”这话的意思是日本要打败的，日本的老百姓要倒楣的，他把这战争并不看得怎样可怕，他说日本军阀早一天破坏早一天好。

第二天他们搬到 S. 家去住的。我们这里不大方便，邻居都知道他们是日本人，还有一个白俄在法国捕房当巡捕。街上打间谍，日本警察到他们从前住过的地方找过他们。在两国夹攻之下，他们开始被陷进去。

第二天我们到S.家去看他们的时候，他们住在三层楼上，尤其是鹿地很开心，俨俨乎和主人一样。两张大写字台，靠着窗子，写字台这边坐着一个，那边坐着一个，嘴上都叼着香烟，白金龙香烟四五罐，堆成个小塔型在桌子头上。他请我吃烟的时候，我看到他已经开始工作了。很讲究的黑封面的大本子摊开在他的面前，他说他写日记了。当然他写的是日文，我看了一下也看不懂。一抬头看到池田在那边也张开了一个大本子。我想这真不得了，这种克制自己的力量，中国人很少能够做到。无论怎样说，这战争对于他们比对于我们，总是更痛苦的。又过了两天，大概他们已经写了一些日记了。他们开始劝我们，为什么不参加团体工作呢？鹿地说：

“你们不认识救亡团体吗？我给介绍！”这样好的中国话是池田给修改的。

“应该工作了，要快工作，快工作，日本军阀快完啦……”

他们说现在写文章，以后翻成别国文字，有机会他们要到各国去宣传。

我看他们好像变成了中国人一样。

三二日之后去看他们，他们没有了。S. 说他们昨天下午一起出去就没有回来，临走时说吃饭不要等他们，至于哪里去了呢？S. 说她也不知道。又过了几天，又问了好几次，仍旧不知道他们在哪里。

或者被日本警察捉去啦，送回国去啦！或者住在更安全的地方，大概不能有危险吧！

一个月以后的事：我拿刀子在桌子上切葱花，准备午饭，这时候，有人打门，走进来的人是认识的，可是他一向没有来过，这次的来不知有什么事。但很快就得到结果了：鹿地昨夜又来到 S. 家，听到他们并没有出危险，很高兴。但他接着再说下去就是痛苦的了。他们躲在别人家里躲了一个月，那家非赶他们离开不可，因为住居日本人，怕当汉奸看待。S. 家也很不便，当时 S. 做救亡工作，怕是日本探子注意到。

“那么住到哪里去呢？”我问。

“就是这个问题呀！他们要求你去送一封信，我来就是找你去送信，你立刻到 S. 家去。”

我送信的地方是个德国医生，池田一个月前在那里治过病，当上海战事开始的时候，医生太太向池田说过：假若在别的地方住不方便，可以搬到她家去暂住。有一次我陪池田去看医生，池田问他：

“你喜欢希特拉吗？”

医生说：“唔……不喜欢。”并且说他不能够回德国。

根据这点，池田以为医生是很好的人，同时又受希特拉的压迫。

我送完了信，又回到S.家去，我上楼说：

“可以啦，大概是可以。”

回信，我并没拆开读，因为我的英文不好。他们两个从地板上坐起来。打开这信：

“随时可来，我等候着……”池田说信上写着这样的话。

“我说对么！那医生当我临走的时候还说，把手伸给他，我知道他就了解了。”



这回鹿地并不怎样神气了，说话不敢大声，不敢站起来走动。晚饭就坐在地板的席子上吃的，台灯放在地上，灯头被蒙了一块黑纱布，就在这微黑的带着神秘的三层楼上，我也和他们一起吃的饭。我端起碗来，再三的不能把饭咽下去，我看一看池田发亮的眼睛，好像她对她自己未知的命运还不如我对他们那样关心。

“吃鱼呀！”我记不得是他们谁把一段鱼尾摆在我的碗上来。

当着一个人，在他去试验他出险的道路前一刻，或者就正在出险之中，为什么还能够这样安宁呢！我实在对这晚餐不能够多吃。我为着我自己，我几次说着多余的闲话：

“我们好像山寨们在树林里吃饭一样……”按着我还是说，“不是吗？看像不像？”

回答这话的没有人，我抬头看一看四壁，这是一间藏书房，四壁黑沉沉地站着书箱或书柜。

八点钟刚过，我就想去叫汽车，他们说，等一等，稍微晚一点更好。

鹿地开始穿西装，白裤子，黑上衣，这是一个西洋朋友给他的旧衣裳（他自己的衣裳从北四路逃出来时丢掉了）。多么可笑啊！又像贾伯林又像日本人。

“这个不要紧！”指着他已经蔓延起来的胡子对我说：“像日本人不像？”

“不像。”但明明是像。

等汽车来了时，我告诉他：

“你绝对不能说话，中国话也不要说，不开口最好，若忘记了说出日本字来那是危险的。”

报纸上登载过法租界和英租界交界的地方，常常有小汽车被验查。假若没有人陪着他们，他们两个差不多就和哑子一样了。鹿地干脆就不能开口。至于池田一听就知道说的是日本的中国话。

那天晚上下着一点小雨，记得大概我是坐在他们两个人之间，有两只小箱笼颠动在我们膝盖的前边。爱多亚路被指路灯所照，好像一条虹彩似的展开在我们的面前，柏油路被车轮所擦过的纹痕，在路警指管着的红绿灯下，变成一条红的，而后又变成一条绿的，我们都把眼睛看着这动乱交错的前方。同时司机人前面那块玻璃上有一根小棍来回地扫着那块扇形的地盘。

车子到了同孚路口了，我告诉车子左转，而后靠到马路的右边。

这座大楼，本来是有电梯的，因为司机人不在，等不及了，就从扶梯跑上去。我们三个人都提着东西，而又都跑得快，好像这一路没有出险，多半是因为这最末的一跑才做到的。

医生的小客厅里接待着鹿地夫妇：

“弄错了啦！嗯！”

我所听到的，这是什么话呢？我看看鹿地，我看看池田，再看看胖医生。

“医生弄错啦，他以为是要来看病的人，所以随时可来。”

“那么房子呢？”

“房子他没有。”池田摆一摆手。

我想这回可成问题了，我知道 S. 家绝对不能再回去。找房子立刻是可能的吗？而后我说到我家里去可以吗？

池田说：“你们家那‘白俄’呀！”

医生还不错，穿了雨衣去替他们找房子去了。在这中间，非常使人恐怖。他说房子就在旁边，可是他去了好多时候没有回来。

“箱子里边有写的文章啊！老医生不是去通知捕房？”池田的眼睛好像枭鸟的眼睛那么大。

过了半点钟的样子，医生回来了，医生又把我们送到那新房子。

走进去一看，就像个旅馆，茶房非常多，说中国话的，说法国话的，说俄国话的，说英国话的。

刚一开战，鹿地就说过要到国际上去宣传，我看那时候他可差不多去到国际上了。

这地方危险是危险的，怎么办呢？只得住下了。

中国茶房问：

“先生住几天呢？”

我说住一天两天。但是鹿地说：“不！不！”只说了半段就回去了，大概是日本话又来到嘴边上。

池田有时说中国话，有时说英国话，茶房来一个，去了，又来了一个。

鹿地静静地站在一边。

大床，大桌子，大沙发，棚顶垂着沉重的带着锁链的大灯头。并且还有一个外室，好像阳台一样。

茶房都去了，鹿地仍旧站着，地心有一块花地毯，他就站在地毯的边上。

我告诉他不要说日本话，因为隔壁的房子说不定住的是中国人。

“好好地休息吧！把被子摊在床上，衣箱就不要动了，三两天就要搬的。我把这情形通知别的朋友……”往下我还有话要说，中国茶房进来了，手里端着一个大白铜盘子，上面站着两个汽水瓶。我想这个五块钱一天的旅馆还给汽水喝！问那茶房，那茶房说是白开水，这开水怎样卫生，怎样经过过滤，怎样多喝了不会生病。正在这时候，他来讲卫生了。

向中国政府办理证明书的人说，再有三五天大概就替他们领到，可是到第七天还没有消息。他们在那房子里边，简直和小鼠似的，地板或什么东西有时咯咯地作响，至于讲话的声音，外边绝对听不到。

每次我去的时候，鹿地好像还是照旧的样子，不然就是变了点，也究竟没变了多少，喜欢讲笑话。不知怎么想起来的，他又说他怕女人：

“女人！我害怕。别的我不怕……女人我最怕。”

“帝国主义你不怕？”我说。

“我不怕，我打死他。”

“日本警察捉你也不怕？”我和池田是站在一面的。

池田听了也笑，我也笑，池田在这几天的不安中也破例了。

“那么你就不用这里逃到那里，让日本警察捉去好啦！其实不对的，你还是最怕日本警察。我看女人并不绝顶的厉害，还是日本警察绝顶的厉害。”

我们都笑了，但是都没有高声。

最显现在我面前的是他们两个有点憔悴的颜面。

有一天下午，我陪着他们谈了两个多钟头，对于这一点点时间，他们是怎样的感激呀！我临走时说：

“明天有工夫，我早点来看你们，或者是上午。”

尤其是池田立刻说谢谢，并且立刻和我握握手。

第二天我又来迟了，池田不在房里。鹿地一看到我，就从桌上摸到一块白纸条。他摇一摇手，而后他在纸条上写着：

今天下午有巡捕在门外偷听了，一下午英国巡捕（即印度巡捕）、中国巡捕，从一点钟起停到五点钟才走。

但最感动我的是他在纸条上出现着这样的字——今天我决心被捕。

“这被捕不被捕，怎能是你决心不决心的呢？”这话我不能对他说，因为我知道他用的是日本文法。

我又问他打算怎样呢？他说没有办法，池田去到S.家里。

那个时候经济也没有了，证明书还没有消息，租界上日本有追捕日本或韩国人的自由。想要脱离租界，而又一步不能脱离。到中国地去，要被中国人误认作间谍。

他们的生命，就像系在一根线上那么脆弱。

那天晚上，我把他们的日记、文章和诗，包集起来带着离开他们。我说：

“假使日本人把你们捉回去，说你们帮助中国，总是没有证据的呀！”

我想我还是赶快走的好，把这些致命的东西快些带开。

临走时我和他握握手，我说不怕。至于怕不怕，下一秒钟谁都没有把握。但我是说了，就像说给站在狼洞里边的孩子一样。

以后再去看他们，他们就搬了，我们也就离开上海。

一九三八,二，廿日，临汾

# 无 题

早晨一起来我就晓得我是住在湖边上了。

我对于这在雨天里的湖的感觉，虽然生疏，但并不像南方的朋友们到了北方，对于北方的风沙的弥漫，空气的干燥，大地的旷荡所起的那么不可动摇的厌恶和恐惧。由之于厌恶和恐惧，他们对于北方反而讴歌起来了。

沙土迷了他们的眼睛的时候，他们说："伟大的风沙啊！"黄河地带的土层遮漫了他们的视野的时候，他们说那是无边的使他们不能相信那也是大地。迎着风走去，大风塞住他们的呼吸的时候，他们说："这……这……这……"他们说不出来了，北方对于他们的讴歌也伟大到不能够容许了。

但，风一停住，他们的眼睛能够睁开的时候，他们仍旧是看，而嘴也就仍旧是说。

有一次我忽然感到是被侮辱着了，那位一路上对大风讴歌的朋友，一边擦着被风沙伤痛了的眼睛一边问着我：

“你们家乡那边就终年这样？”

“哪里！哪里！我们那边冬天是白雪，夏天是云、雨，蓝天和绿树……只是春天有几次大风，因为大风是季节的征候，所以人们也爱它。”是往山西去的路上，我就指着火车外边所有的黄土层：“这在我们家乡那边都是平原，夏天是青的，冬天是白的，春天大地被太阳蒸发着，好像冒着烟一样从冬天活过来了，而秋天收割。”

而我看他似乎不很注意听的样子。

“东北还有不被采伐的煤矿，还有大森林……所以日本人……”

“唔！唔！”他完全没有注意听，他的拜佩完全是对着风沙和黄土。

我想这对于北方的讴歌就像对于原始的大兽的讴歌一样。

在西安和八路军残废兵是同院住着，所以朝夕所看到的都是他们。有一天我看到一个残废的女兵，我就向别人问：

“也是战斗员吗？”

那回答我的人也非常含混，他说也许是战斗员，也许是女救护员，也说不定。

等我再看那腋下支着两根木棍，同时摆荡着一只空裤管的女人的时候，但是看不见了，她被一堵墙遮没住，留给我的只是那两根使她每走一步，那两肩不得安宁的新从木匠手里制作出来的白白的木棍。

我面向着日本帝国主义，我要讴歌了！就像南方的朋友们去到了北方，对于那终年走在风沙里的瘦驴子，由于同情而要讴歌她了。

但这只是一刻的心情，对于蛮的东西所遗留下来的痕迹，憎恶在我是会破坏了我的艺术的心意的。

那女兵将来也要做母亲的，孩子若问她："妈妈为什么你少了一条腿呢？"

妈妈回答是日本帝国主义给切断的。

成为一个母亲，当孩子指问到她的残缺点的时候，无管这残缺是光荣过，还是耻辱过，对于作母亲的都一齐会成为灼伤的。

被合理所影响的事物，人们认为是没有力量的——弱的——或者也就被说成生命力已经被损害了的——所谓生命力不强的——比方屠介涅夫在作家里面，人们一提到他：好是好的，但，但……但怎么样呢？我就看到过很多对屠介涅夫摇头的人。这摇头是为什么呢？不能无所因。久了，同时也因为我对摇头的人过于琢磨的缘故，默默中也感到了，并且在我的灵感达到最高潮的时候，也就无恐惧起来，我就替摇头者们嚷着说：

"他的生命力不强！"

屠介涅夫是合理的，幽美的，宁静的，正路的，他是从灵魂而后走到本能的作家。和他走同一道路的，还有法国的罗曼·罗兰。

别的作家们他们则不同，他们暴乱，邪狂，破碎，他们是先从本能出发——或者一切从本能出发——而后走到灵魂。有慢慢走到灵魂的，也有永久走不到灵魂的，那永久走不到灵魂的，他就永久站在他的本能上喊着：

“我的生命力强啊！我的生命力强啊！”

但不要听错了，这可并不是他自己对自己的惋惜，一方面是在骄傲着生命力弱的，另一面是在招呼那些尚在向灵魂出发的在半途上感到吃力正停在树下冒汗的朋友们。

听他这一招呼，可见生命强的也是孤独的。于是我这佩服之感也就不完整了。

偏偏给我看到的生命力顶强的是日本帝国主义。人家都说日本帝国主义野蛮，是兽类，是爬虫类，是没有血液的东西。完全荒毛的呀！

所以这南方湖上的风景，看起来是比北方的风沙愉快的。

同时那位南方的朋友对于北方的讴歌，我也并不是讽刺他。去把捉完全隔离的东西，不管谁，大概都要被吓住的。我对于南方的鉴赏，因为我已经住了几年的缘故，初来到南方也是不可能。

一九三八，五，十五

# 寄东北流亡者

沦落在异地的东北同胞们：

当每个秋天的月亮快圆的时候，你们的心总被悲哀装满。想起高粱油绿的叶子，想起白发的母亲或幼年的亲眷。

你们的希望曾随着秋天的满月，在幻想中赊取了七次，而每次都是月亮如期的圆了，而你们的希望却随着高粱叶子萎落。但是自从“八一三”之后，上海的炮火响了，中国政府积极抗战揭开，九一八的成了习惯的暗淡与愁惨却在炮火的交响里换成了激动、兴奋和感激。这时，你们一定也流泪了。这是感激的泪，兴奋的泪，激动的泪。

记得抗战以后，第一个九一八是怎样纪念的呢？

中国飞行员在这天做了突击的工作。他们对于出云舰的袭击作了出色的功绩。

那夜里，日本神经质的高射炮手，浪费的用红色的、绿色的、淡蓝色的炮弹把天空染红了。但是我们的飞行员仍然以精确的技巧和沉毅的态度来攻击这摧毁文化摧毁和平的法西魔手。几百万的市民都仰起头来寻觅，其实他们是什么也看不见的，但是他们一定要看。在那黑魆魆的天空里仿佛什么都找不到，而这里就隐藏着我们抗战的活动的每个角度。

第一个煽惑起东北同胞的思想的是：“我们就要回家去了！”

是的，家是可以回去的，而且家也是好的，土地是宽阔的，米粮是富足的。

是的，人类是何等地对着故乡寄注了强烈的怀念呵！黑人对着迪斯的痛苦的响往，爱尔兰的诗人夏芝想回到那有“蜂房一窠，菜畦九畴”的茵尼斯，作过水手的约翰·曼殊斐儿狂热的愿意回到海上。

但是等待了七年的同胞们，单纯的心急是没用的，感情的焦躁不但无价值，而常常是理智的降低。要把急切的心情放在工作的表现上才对。我们的位置就是永远站在别人的前边的那个位置。我们是应该第一个打开了门而是最末走进去的人。

抗战到现在已经遭遇到最坚苦的阶段，而且也就是最后胜利接近的阶段。在美国贾克伦敦所写的一篇短篇小说上，描写两个拳师在冲击的斗争里，只系于最后的一拳。而那个可怜的“老拳师”所以失败的原因，也只在少吃了一块“牛扒”。假若事先他能在肚里装进一块“牛扒”，胜利一定属于他的。

东北流亡同胞，我们的地大物博，决定我们的沉着毅勇，正与敌人的急功切进相反，所以最后的一拳一定是谁最沉着的就是谁打得最有力。我们应该献身给祖国作前卫的工作，就如我们应该把失地收复一样。这是无可怀疑的。

东北流亡的同胞，为了失去的土地上的高粱、谷子，努力吧！为了失去的土地上年老的母亲，努力吧！为了失去的地面上的痛心的一切的记忆，努力吧！

而且我们要竭力克服残存的那种“小地主”意识和官僚主义的余毒，赶快地加入到生产的机构里，因为九一八以后的社会变更，已经使你们失去了大片土地的依存，要还是固守从前的生活方式，坐吃山空，那样你们的资产将只剩了哀愁和苦闷。作个商人去，作个工人去，作一个能生产的人比作一个在幻想上满足自己的流浪人，要对国家有利得多。

幻想不能泛滥，现实在残酷的抨击你的时候，逃避只会得到更坏的暗袭。

时值流亡在异乡的故友们，敬希珍重。拥护这个抗战和加强这个抗战，向前走去！

# 我之读世界语

我一见到懂世界语的朋友们，我总向他们发出几个难题，而这几个难题又总是同样的。

当我第一次走进上海世界语协会的时候，我的希望很高，我打算在一年之内，我要翻译关于文学的书籍，在半年之内我能够读报纸。偏偏第一课没有上，只是教世界语的那位先生把世界语讲解了一番。听他这一讲我更胆壮了，他说每一个名词的尾音是“o”，每一个形容词的尾音是“a”……还有动词的尾音是什么，还有每一个单字的重音在最末的第二个母音上。而后读一读字母就下课了。

我想照他这样说还用得着半年吗？三个月我就要看短篇小说的。

那天我就在世界语协会买了一本《小彼得》出来，而别人还有用世界语说着“再见，再见”，我一听也就会了，真是没有什么难。第二天我也就用世界语说着“再见”。

现在算起，这“再见”已经说了三四年了，奇怪的是并没有比再见更会说一句完整的话。这次在青年会开纪念柴门霍夫诞辰八十周年纪念的时候，钟宪民先生给每个人带来一本《东方呼声》，若不是旁边注着中国字，我哪里看得懂这刊物叫什么名字呢？但是按照着世界语的名字读出来我竟不能够，可见我连字母都忘了。

我为什么没有接着学呢？说起来可笑得很，就因为每一个名词的字尾都是“o”，形容词的字尾都是“a”，一句话里总有几个“o”和“a”的，若连着说起来，就只听得“oo”“aa”的。因为一“ooaa”就不好听，一不好听，我就不学了。

起初这理由我还不敢公开提出来，怕人家笑。但凡是下雨天我就不去世界语协会，后来连刮风我也不去，再后来就根本不去。那本《小彼得》总算勉勉强强读完了，一读完它就安安然然的不知睡到什么地方去了。

我一见到懂世界语的朋友们所提出来的难题，就是关于这“ooaa”这理由怎么能够成立呢？完全是一种怕困难的假词。

世界语虽然容易，但也不能够容易得一读就可以会的呀！大家都说：为什么学世界语的人不少而能够读书或讲话的却不多呢？就是把它看得太容易的缘故。

初学的世界语者们！要把它看得稍微难一点。

# 放火者

从五月一号那天起，重庆就动了，在这个月份里，我们要纪念好几个日子，所以街上有多少人在游行，他们还准备着在夜里火炬游行。街上的人带着民族的信心，成行的大队沉静地走着。

五三的中午日本飞机二十六架飞到重庆的上空，在人口最稠密的街道上投下燃烧弹和炸弹，那一天就有三条街起了带着硫黄气的火焰。

五四的那天，日本飞机又带了多量的炸弹，投到他们上次没完全毁掉的街上和上次没可能毁掉的街道上。

大火的十天以后，那些断墙之下，瓦砾堆中仍冒着烟。人们走在街上用手帕掩着鼻子或者挂着口罩。因为有一种奇怪的气味满街散布着。那怪味并不十分浓厚，但随时都觉得是吸得到。似乎每人都用过于细微的嗅觉存心嗅到那说不出的气味似的，就在十天以后发掘的人们，还在深厚的灰烬里寻出尸体来。

断墙笔直地站着，在一群瓦砾当中，只有它那么高而又那么完整。设法拆掉它，拉倒它，但它站得非常坚强。段牌坊就站着这断墙，很远就可以听到几十人在喊着，好像拉着帆船的牵绳，又像抬着重物。

“哎呀……喔呵……哎呀……喔呵……”

走近了看到那里站着一队兵士，穿着绿色的衣裳，腰间挂着他们喝水的瓷杯，他们相同出发到前线上去差不多。但他们手里挽着绳子的另一端系在离他们很远的单独的五六丈高站着一动也不动的那断墙上。他们喊着口号一起拉它不倒，连歪斜也不歪斜，它坚强地站着。步行的人停下了，车子走慢了，走过去的人回头了，用一种坚强的眼光，人们看住了它。

被那声音招引着，我也回过头去看它，可是它不倒，连动也不动。我就看到了这大瓦场的近边，那高坡上仍旧站着被烤干了的小树。有谁能够认得出那是什么树，完全脱掉了叶子，并且变了颜色，好像是用赫色的石雕成的。靠着小树那一排房子窗上的玻璃掉了，只有三五块碎片，在夕阳中闪着金光。走廊的门开着，一切可以看得到，门帘扯掉了，墙上的镜框在斜垂着。显然地在不久之前，他们是在这儿好好地生活着，那墙壁日历上还露着四号的“四”字。

街道是哑默的，一切店铺关了门，在黑大的门扇上贴着白帖或红帖，上面写着退房或搬家。路的两旁偶尔张着席棚或布棚，里面坐着苍白着脸色的恐吓的人，用水盆子，当时在洗刷着弄脏了的胶皮鞋、汗背心……毛巾之类，这东西是从火中抢救出来的。

被炸过了的街道，飞尘卷了白沫扫着稀少的行人，行人挂着口罩或用帕子掩着鼻子。街是哑然地，许多人生存的街毁掉了，生活秩序被破坏了，饭馆关起了门。

大瓦砾场一个接着一个，前边又是一群人在拉着断墙，这使人一看上去就要低了头。无论你心胸怎样宽大，但你的心不能不跳，因为那摆在你面前的是荒凉的，是横遭不测的，千百个母亲和小孩子是吼叫着的，哭号着的，他们嫩弱的生命在火里边挣扎着，生命和火在斗争。但最后生命给谋杀了。那曾经狂喊过的母亲的嘴，曾经乱舞过的父亲的胳臂，曾经发疯对着火的祖母的眼睛，曾经依然偎在妈妈怀里吃乳的婴儿，这些最后都被火给杀死了。孩子和母亲，祖父和孙儿，猫和狗，都同他们凉台上的花盆一道倒在火里了。这倒下来的全家，他们没有一个是战斗员。

白洋铁壶成串的仍在那烧了一半的房子里挂着，显然是一家洋铁制器店被毁了。洋铁店的后边，单独的三楼三底的房子站着，它两边都倒下去了，只有它还歪歪裂裂地支持着，楼梯分做好几段自己躺下去了，横睡在楼脚上。窗子整张的没有了，门扇也看不见了，墙壁穿着大洞，相同被打破了腹部的人那样可怕的奇怪的站着。但那摆在二楼的木床，仍旧摆着，白色的床单还随着风飘着那只巾角，就在这二十个方丈大的火场上同时也有绳子在拉着一道断墙。

就在这火场的气味还没有停息、瓦砾还会烫手的时候，坐着飞机放火的日本人又要来了，这一天是五月十二号。

警报的笛子到处叫起，不论大街或深巷，不论听得到的听不到的，不论加以防备的或是没有知觉的都卷在这声浪里了。

那拉不倒的断墙也放手了，前一刻在街上走着的那一些行人，现在狂乱了，发疯了，开始跑了，开始喘着，还有拉着孩子的，还有拉着女人的，还有脸色变白的。街上像来了狂风一样，尘土都被这惊慌的人群带着声响卷起来了，沿街响着关窗和锁门的声音，街上什么也看不到，只看到跑。我想疯狂的日本法西斯刽子手们若看见这一刻的时候，他们一定会满足的吧，他们是何等可以骄傲呵，他们可以看见……

十几分钟之后，都安定下来了，该进防空洞的进去了，躲在墙根下的躲稳了。第二次警报（紧急警报）发了。

听得到一点声音，而越听越大。我就坐在公园石阶铁狮子附近。这铁狮子旁边坐着好几个老头，大概他们没有气力挤进防空洞去，而又跑也跑不远的缘故。

飞机的响声大起来，就有一个老头招呼着我：

“这边……到铁狮子下边来……”这话他并没有说，我想他是这个意思，因为他向我招手。

为了呼应他的亲切我去了，蹲在他的旁边。后边高坡上的树，那树叶遮着头顶的天空，致使想看飞机不大方便，但在树叶的空间看到飞机了，六架，六架。飞来飞去的总是六架，不知道为什么高射炮也未发，也不投弹。

穿蓝布衣裳的老头问我：“看见了吗？几架？”

我说：“六架。”

“向我们这边飞……”

“不，离我们很远。”

我说瞎话，我知道他很害怕，因为他刚说过了：“我们坐在这儿的都是善人，看面色没有做过恶事，我们良心都是正的……死不了的。”

大批的飞机在头上过了，那里三架三架的集着小堆，这些小堆在空中横排着，飞得不算顶高，一共四十几架。高射炮一串一串的发着，红色和黄色的火球像一条长绳似的扯在公园的上空。

那老头向着另外的人而又向我说：

“看面色，我们都是没有做过恶的人，不带恶象，我们不会死……”

说着他就伏在地上了，他看不见飞机，他说他老了。大概他只能看见高射炮的连串的火球。

飞机像是低飞了似的，那声音沉重了，压下来了。守卫的宪兵喊了一声口令：“卧倒。”他自己也就挂着枪伏在水池子旁边了。四边火光起来，有沉重的爆击声，人们看见半天是红光。

公园在这一天并没有落弹。在两个钟头之后，我们离开公园的铁狮子，那个老头悲惨地向我点头，而且和我说了很多话。

下一次，五月二十五号那天，中央公园便被炸了。水池子旁边连铁狮子都被炸碎了。在弹花飞溅时，那是混合着人的肢体，人的血，人的脑浆。这小小的公园，死了多少人？我不愿说出它的数目来，但我必须说出它的数目来：死伤 ××× 人，而重庆在这一天，有多少人从此不会听见解除警报的声音了……

# 长安寺

接引殿里的佛前灯，一排一排的每个顶着一颗小灯花燃在案子上。敲钟的声音一到接近黄昏的时候就稀少下来，并且渐渐地简直一声不响了。因为烧香拜佛的人都回家去吃着晚饭。

大雄宝殿里，也同样哑默默地，每个塑像都站在自己的地盘上忧郁起来，因为黑暗开始挂在他们的脸上。长眉大仙，伏虎大仙，赤脚大仙，达摩，他们分不出哪个是牵着虎的，哪个是赤着脚的。他们通通安安静静地同叫着别的名字的许多塑像分站在大雄宝殿的两壁。

只有大肚弥勒佛还在笑眯眯地看着打扫殿堂的人，打扫殿堂的人把小灯放在弥勒佛脚前的缘故。

厚沉沉的圆圆的蒲团，被打扫殿堂的人一个一个的拾起来，高高地把它们靠着墙堆了起来。香火着在释迦牟尼的脚前，就要熄灭的样子，昏昏暗暗地，若不去寻找，简直看不见了似的，只不过香火的气息缭绕在灰暗的微光里。

接引殿前，石桥下的池里的小龟不再像日里那样把头探在水面上。用胡芝麻磨着香油的小石磨也停止了动转。磨香油的人也在收拾着家具。庙前喝茶的都戴起了帽子，打算回家去。冲茶的红脸的那个老头，在小桌上自己吃着一碗素面，大概那就是他的晚餐了。

过年的时候，这庙就更温暖而热气腾和的了，烧香拜佛的人东看看，西望望。用着他们特有的幽闲，摸一摸石桥的栏杆的花纹，而后研究着而想多发现几个桥下的乌龟。有一个老太婆背着一个黄口袋，在右边的胯骨上，那口袋上写着“进香”两个黑字，她已经跨出了当门的殿堂的后门，她又急急忙忙的从那后门转回去。我很奇怪地看着她，以为她掉了东西。大家想想看吧！她一翻身就跪下，迎着殿堂的后门向前磕了一个头。看她的年岁，有六十多岁，但那磕头的动作，来得非常灵活，我看她走在石桥上也照样的精神而庄严。为着过年才做起来的新缎子帽，闪亮地向着接引殿去朝拜了。佛前钟在一个老和尚手里拿着的钟锤下当当的响了三声，那老太婆就跪在蒲团上安祥地磕了三个头。这次磕头却并不像方才在前面殿堂的后门磕得那样热情而慌张。我想了半天才明白，方才，就是前一刻，一定是她觉得自己太疏忽了，怕是那尊面向着后门口的佛见她怪，而急急忙忙的请他恕罪的意思。

卖花生糖的肩上挂着一个小箱子，里边装了三四样糖，花生糖，炒米糖，还有胡桃糖。卖瓜子的提着一个长条的小竹篮，篮子的一头是白瓜籽，一头是盐花生。而这里不大流行难民卖的一包一包的“瓜子大王”。青茶，素面，不加装饰的，一个铜板随手抓过一撮来就放在嘴上磕的白瓜籽，就已经十足了。所以在这庙里吃茶的人，都觉别有风味。

耳朵听的是梵钟和诵经的声音，眼睛看的是些悠闲而且自得的游庙或烧香的人；鼻子所闻到的，不用说是檀香和别的香料的气息。所以这种吃茶的地方确实使人喜欢。又可以吃茶，又可以观风景看游人。比起重庆的所有的吃茶店来都好。尤其是那冲茶的红脸的老头，他总是高高兴兴的，走路时喜欢把身子向两边摆着，好像他故意把重心一会放在左腿上，一会放在右腿上。每当他掀起茶盅的盖子时，他的话就来了，一串一串的，他说：我们这四川没有啥好的，若不是打日本，先生们请也请不到这地方。他再说下去，就不懂了，他谈的和诗句一样。这时候他要冲在茶盅的开水，从壶嘴如同一条冰落进茶盅来。他拿起盖子来把茶盅扣住了，那里边上下游着的小鱼似的茶叶也被盖子扣住了，反正这地方是安静得可喜的，一切都是太平无事。

××坊的水龙就在石桥的旁边和佛堂斜对着面。里边放置着什么，我没有机会去看，但有一次重庆的防空演习我是看过的，用人推着瓦瓦的山响的水龙，一个水龙大概可装两桶水的样子，可是非常沉重，四五个人连推带挽。若着起火来我看那水龙到不了火已经着落了。那仿佛就写着什么 ×× 坊一类的字样。惟有这些东西，在庙里算是一个不调和的设备，而且也破坏了安静和统一。庙的墙壁上，不是大大地写着观自在菩萨吗？庄严静妙，这是一块没有受到外面侵扰的重庆的唯一的地方。佛说，一花一世界，这是一个小世界，应作如是观。

但我突然的神经过敏起来——可能的有一天这上面会落下了敌人的一颗炸弹。而可能的那两条小水龙也救不了这一场大火。那时，那些喝茶的将没有着落了，假如他们不愿意茶摆在瓦砾场上。

我顿然地感到悲哀。

一九三九，四月，歌乐山

# 茶食店

黄桷树镇上开了两家茶食店，一家先开的，另一家稍稍晚了两天。第一家的买卖不怎样好，因为那吃饭用的刀叉虽然还是闪光闪亮的外来品，但是别的玩艺不怎样全，就是说比方装胡椒粉那种小瓷狗之类都没有，酱油瓶是到临用的时候，从这张桌又拿到那张桌的乱拿。墙上什么画也没有，只有一张好似从糖盒子上掀下来的花纸似的那么一张外国美人图，有一尺长不到半尺宽那么大，就用一个图钉钉在墙上的，其余这屋里的装饰还有一棵大芭蕉。

这芭蕉第一天是绿的，第二天是黄的，第三天就腐烂了。

吃饭的人，第一天彼此说“还不错”，第二天就说苍蝇太多了一点，又过了一两天，人们就对着那白盘子里炸着的两块茄子，翻来覆去地看，用刀尖割一下，用叉子叉一下。

“这是什么东西呢？两块茄子，两块洋山芋，这也算是一个菜吗？就这玩艺也要四角五分钱？真是天晓得。”

这西餐馆只开了三五日，镇上的人都感到大不满意了。

第二家一开门，那些镇上的从城里躲轰炸而来住在此的人和一些设在这镇上学校或别的办公厅的一些职员，当天的晚饭就在这里吃的。

盘子，碗，桌布，茶杯，糖罐，酱醋瓶，连装烟灰的瓷碟，都聚了三四个人在那里抢着看，……这家与那家的确不同，是里外两间屋，厨房在什么地方，使人看不见，煎菜的油烟也闻不到，墙上挂着两张画像是老板自己画的，看起来老板颇懂艺术，……并且刚一开业来，就开了留声机，这留声机已经好几个月没有听过了。从“五四”轰炸起，人们来到这镇上，过的就是乡下人的生活。这回一听好像这留声机非常好，唱片也好像全新的，声音特别清楚。

一个汤上来了，“不错，真是味道……”

第二个是猪排，这猪排和木片似的，有的人就你看看我，我看看你，想要对这猪排讲一点坏话。可是那唱着的是一个外国歌，很愉快，那调子带了不少高低的转弯，好像从来也未听过似的那样好听，所以这一点味道也没有的猪排，大家也就吃下去了。

奶油和冰淇淋似的，又甜又凉，涂在面包上，很有一种清凉的气味，好像涂的是果子露；那面包拿在手里不用动手去撕就往下掉着碎末，和用锯末子做的似的。大概是和利华药皂放在一起运来的，但也还好吃，因为它终究是面包呵，终究不是别的什么馒头之类呀！

坐在这茶食店的里间里，那张长桌一端上的主人，从小白盘子里拿起账单看了一看。

共统请了八位客人，才八块多钱。

“这不多。”他说，从口袋取出十元票子来。

别人把眼睛转过去，也说：

“这不多……不算贵。”

临出来时，推开门，还有一个顶愿意对什么东西都估价的还回头看了看那摆在门口的痰盂。他说：“这家到底不错，就这一只痰盂罢，也要十几块。”（其实就是上海卖八角钱一个的）

这一次晚餐，一个主人和他的七八个客人都没吃饱，但彼此都不发表，都说：

“明天见，明天见。”

他们大家各自走散开了，一边走着一边有人从喉管往上冲着利华药肥皂的气味，但是他们想：“这不贵的，这到底不是西餐吗！”而且那屋子多么像个西餐的样子，墙上有两张外国画，还有瓷痰盂，还有玻璃杯，那先开的那家还成吗？还像样子吗？那买卖还成吗？”

他的脑筋闹得很忙乱回家去了。

八月廿八日

# 《大地的女儿》

## ——史沫特烈作

这本书是史沫特烈作的，作得很好。并不是赞美她那本书里有什么幽美的情节。那本书所记载的多半是粗躁的声音，狂暴的吵闹，哭泣，饥饿，贫穷，但是她写得可怕的样子一点也没有。她是把他们很柔顺的摆在那里，而后慢慢地平平静静地把他们那为着打架而撕乱了的头发，用笔一笔一笔的给他们舒展开来。书里的人物痛苦了，哭泣了，但是在作者的笔下看到了他们在哭泣的背后是什么，也就是他们为什么而哭。

在那种不幸的环境之中，可以看见一个女孩子坚强地离开了不幸，坚强的把自己的命运改变了。

乔治桑说为了过大的同情，把痛苦扩大一点也是对的。

但是这个作者却并没有把痛苦扩大，而且是缩小了。因为她却开了个方法根治了它。我曾问过她，她书中所写的那个印度人到底怎样？她告诉我实际上那人比她写的更坏一点。但是印度人是弱小民族，所以她在笔下把他放松了。这可以看见作者的对于不幸者的帮忙。她对不幸者永远寄托着不可遏止的同情。

六月二十八日

# 牙粉医病法

池田的袍子非常可笑，那么厚，那么圆，那么胖，而后又穿了一件单的短外套，那外套是工作服的样式，而且比袍子更宽。她说：

“这多么奇怪！”

我说：“这还不算奇怪，最奇怪的是你再穿了那件灰布的棉外套，街上的人看了不知要说你是做什么的，看袍子像太太小姐，看外套像军人。”因为那棉外套是她借来的，是军用的衣服。她又穿了中国的长棉裤，又穿了中国的软底鞋。因为她是日本人，穿了道地的中国衣裳，是有点可笑。

“那就说你是从前线上退下来的好啦！并且说受了点伤。现在还没有完全好，所以穿了这样宽的衣裳。”

她笑了：“是的，是……就说日本兵在这边用刺刀刺了一个洞……”

她假装用刺刀在手腕上刺了一个洞的样子。

“刺了一个洞，又怎样呢？”我问。

“刺了一个洞而后一吹，就把人吹胖啦。”她又说，“中国老百姓，一定相信。因为一切坏事，一切奇怪的事日本人都做得出来。”

就像小孩子说的怪话一样，她自己也笑，我也笑。她笑得连杯子都举不起来的样子，我和她是在吃茶。

“你觉得奇怪吗？这是没有的事吗？我的弟弟就被吹过……”

她一听我这话，笑得用了手巾揩着眼睛：

“怎么！怎么！”

“真的，真被吹过……”我这故事不能开展下去，她在不住地笑，笑得咳嗽起来。

“你听我告诉你，那是在肚子上，可不是像你说的在手上……用一个一手指长、一分粗的玻璃管，这玻璃管就从肚脐下边一寸的地方刺进去。玻璃管连着一条好几尺长的胶皮管，胶皮管的另一头有一个茶杯一般大的漏斗，从那个漏斗吹进一壶冷水去，后来死啦。”

“被吹死啦……”很不容易抑止的大笑，她又开始了。

其实是从漏斗把冷水灌进去的，因为肚子渐渐地大起来，看去好像是被气吹起来的一样。

我费了很大工夫给她解说：“我的弟弟患的是黑死病，并且全个县城都在死亡的恐怖中。那是一种特别的治法，在医学上这种灌水法并不存在。”我又告诉她，我写《生死场》的时候把这段写上时，鲁迅先生看了都莫名其妙，鲁迅先生是研究过医学的。他说：

“在医学上可没有这样治疗法。”

既然这样说，我就更奇怪了，鲁迅先生研究过医学是真的，我的弟弟被冷水灌死了也是真的。

我又告诉池田，说那医生是天主教堂的医生，是英国人。

“你觉得外国人可靠的，那不对，中国真是‘殖民地’，他们跑到中国来试验来啦，你想肚子灌冷水，那怎么可以？帝国主义除了枪刀之外，他们还作老百姓所看不见的……他们把中国人就看成他们试验室里的动物一样。三百个人通通用一样方法治疗，其中死了一百五，活了一百五，或是活了一百死了二百，也或者通通死掉啦！这个他们不管，他们把中国人看成动物一样，……在他们自己的国家里，随便试验是不成的呀！”

我想，这也许吧！我的弟弟或者就是被试验死的。她的话，相信是相信了，因为她不懂得医学，所以我相信得并不十分确切。

“我告诉过你，我的父亲是军医，他到满洲去的时候，关于他在中国治病，写了很多日记，上边有德文，我在学德文时，我就拿他的日记看，上面写着关于黑死病，到满洲去试试看，用各种的药，用各种的方法试试看。”

“你想！这不是真的吗？还有啊！我父亲的朋友，每天到我们家来打麻将，他说：到中国去治病很不费事，因为中国人有很多的他们还没有吃过药，所以吃一点药无论什么病都治，给他们一点牙粉吃，头痛也好啦，肚子痛也好啦……”

这真是奇事，我从未听说过，怎么我们中国人是常常吃牙粉的吗？

又从吃牙粉谈到吃人肉，日本兵杀死老百姓或士兵，用火烤着吃了的故事，报纸上常常看见。这个我也相信。池田说：“日本兵吃女人的肉是可能，他们把中国女人破坏之后，用刺刀杀死，一看女人的肉很白，很漂亮，用刺刀切下一块来，一定是几个人开玩笑，用火烤着吃一吃，因为他们今天活着，明天活不活着他们不知道，将来什么时候回家也不知道，是一种变态心理……老百姓大概是他们不吃，那很脏的，皮肤也是黑的……而且每天要杀死很多……”

关于日本兵吃人肉的事情，我也相信了。就像中国人相信外国医生比中国医生好一样。

池田是生在帝国主义的家庭里，所以她懂得他们比我们懂得的更多。我们一走出那个吃茶店，玻璃窗子前面坐着的两个小孩，正在唱着：“杀掉鬼子们的头……”其实鬼子真正厉害的地方他们还不知道呢！

一九三九，一，九日，重庆

# 滑　竿



黄河边上的驴子，垂着头的，细腿的，穿着自己的破乱的毛皮的，它们划着无边苍老的旷野，如同枯树根又在人间活动了起来。

它们的眼睛永远为了遮天的沙土而垂着泪，鼻子的响声永远搅在黄色的大风里，那沙沙的足音，只有在黄昏以后，一切都停息了的时候才能听到。

而四川的轿夫，同样会发出那沙沙的足音。下坡路，他们的腿，轻捷得连他们自己也不能够止住，蹒跚的他们控制了这狭小的山路。他们的血液骄傲的跳动着，好像他们停止了呼吸，只听到草鞋触着石级的声音。在山涧中，在流泉中，在烟雾中，在凄惨的飞着细雨的斜坡上，他们喊着："左手！"

迎面走来的，担着草鞋的担子，背着青菜的孩子，牵着一条黄牛的老头，赶着三个小猪的女人，他们也都为着这下山的轿子让开路。因为他们走得快，就像流泉一样的，一刻也不能够止息。

一到拔坡的时候，他们的脚步声便不响了。迎面遇到来人的时候，他们喊着“左手”或“右手”的声音只有粗嘎，而一点也不强烈。因为他们开始喘息，他们的肺叶开始扩张，发出来好像风扇在他们的胸膛里煽起来的声音，那破片做的衣裳在吱吱响的轿子下面，有秩序的向左或向右的摆动。汗珠在头发梢上静静地站着，他们走得当心而出奇的慢，而轿子仍旧像要破碎了似的叫。像是迎着大风向前走，像是海船临靠岸时遇到了潮头一样困难。

他们并不是巨象，却发出来巨象呼喘似的声音。

早晨他们吃了一碗四个大铜板一碗的面，晚上再吃一碗，一天八个大铜板。甚或有一天不吃什么的，只要抽一点鸦片就可以。所以瘦弱苍白，有的像化石人似的，还有点透明。若让他们自己支持着自己都有点奇怪，他们随时要倒下来的样子。

可是来往上下山的人，却担在他们的肩上。

有一次我偶尔和他们谈起做爆竹的方法来，其中的一个轿夫，不但晓得做爆竹的方法，还晓得做枪药的方法。他说用破军衣，破棉花，破军帽，再加上火硝、硫黄就可以做枪药。他还怕我不明白枪药，他又说：

“那就是做子弹。”

我就问他：

“你怎么晓得做子弹？”

他说他打过贺龙，在湖南。

“你那时候是当官吗？当兵吗？”

他说他当兵，还当过班长，打了两年。后来他问我：

“你晓得‘共匪’吗？打贺龙就是打‘共匪’。”

“我听说。”接着我问他，“你知道现在的‘共匪’已经编了八路军吗？”

“呵！这我还不知道。”

“也是打日本。”

“对呀！国家到了危难的时候，还自己打什么呢？一齐枪口对外。”他想了一下的样子，“也是归蒋委员长领导吗？”

“是的。”

这时候，前边的那个轿夫一声不响。轿杆在肩上，一会儿换换左手，一会儿又换换右手。

后边的就接连着发了议论：

“小日本不可怕，就怕心不齐。中国人心齐，他就治不了。前几天飞机来炸，炸在朝天门。那好做啥子呀！飞机炸就占了中国？我们可不能讲和，讲和就白亡了国。日本人坏呀！日本人狠哪！报纸上去年没少画他们杀中国人的图。我们中国人抓住他们的俘虏，一律优待。可是说日本人也不都坏，说是不当兵不行，抓上船去就载到中国来……”

“是的……老百姓也和中国老百姓一样好。就是日本军阀坏……”我回答他。

就快走上高坡了，一过了前边的石板桥，隔着这一个山头又看到另外的一个山头。云烟从那个山头慢慢地沉落下来，沉落到山腰了，仍旧往下沉落，一道深灰色的，一道浅灰色的，大捆的游丝似的缚着山腰。我的轿子要绕过那个有云烟的尖顶的山。两个轿夫都开始吃力了。我能够听得见的，是后边的这一个，喘息的声音又开始了。我一听到他的声音，就想起海上在呼喘着地活着的蛤蟆。因为他的声音就带着起伏，扩张，呼煽的感觉。他们脚下刷刷的声音，这时候没有了。伴着呼喘的是轿杆的竹子的鸣叫。坐在轿子上的人，随着他们沉重的脚步的起伏在一升一落的。在那么多的石级上，若有一个石级不留心踏滑了，连人带轿子要一齐滚下山涧去。

因为山上的路只有二尺多宽，遇到迎面而来的轿子，往往是彼此摩擦着走过。假若摩擦得利害一点，谁若靠着山涧的一面，谁就要滚下山涧去。山峰在前边那么高，高得插进云霄去似的。山壁有的地方挂着一条小小的流泉，这流泉从山顶上一直挂到深涧中。再从涧底流到另一面天地去，就是说，从山的这面又流到山的那面去了。同时流泉们发着唧铃铃的声音。山风阴森的浸蚀着人的皮肤。这时候，真有点害怕，可是转头一看，在山涧的边上都挂着人，在乱草中，耙子的声音刷刷地响着。原来是女人和小孩子们在收集着野柴。

后边的轿夫说：

“‘共匪’编成了八路军，这我还不知道。整天忙生活……连报纸也不常看（他说过他在军队常看报纸）……整天忙生活对于国家就疏忽了……”

正是拔坡的时候，他的话和轿杆的声响搅在了一起。

对于滑竿，我想他俩的肩膀，本来是肩不起的，但也肩起了。本来不应该担在他们的肩上的，但他们也担起了。而在担不起时，他们就抽起大烟来担。所以我总以为抬着我的不是两个人，而像轻飘飘的两盏烟灯。在重庆的交通运转却是掌握在他们的肩膀上的，就如黄河北的驴子，垂着头的，细腿的，使马看不起的驴子，也转运着国家的军粮。

一九三九春，歌乐山

# 林小二

在一个有太阳的日子，我的窗前有一个小孩在弯着腰大声地喘着气。

我是在房后站着，随便看着地上的野草，在晒太阳。山上的晴天是难得的，为着使屋子也得到干燥的空气，所以门是开着。接着就听到或者是草把，或者是刷子，或者是一支有弹性的尾巴，沙沙的在地上拍着，越听那拍的声音越真切，就像已经在我的房间的地板上拍着一样。我从后窗子再经过开着的门隔着屋子看过去，看到了一个小孩手里拿着扫帚在弯着腰大声地喘着气。

而他正用扫帚尖扫在我的门前土坪上，那不像是扫，而是用扫帚尖在拍打。

我心里想，这是什么事情呢？保育院的小朋友们从来不到这边做这样的事情。我想去问一问，我心里起着一种亲切的情感对那孩子。刚要开口又感到特别生疏了，因为我们住的根本并不挨近，而且仿佛很远，他们很少时候走来的。我和他们的生疏是一向生疏下来的，虽然每天听着他们升旗降旗的歌声，或是看着他们放在空中的风筝。

那孩子在小房的长廊上扫了很久很久。我站在离他远一点的地方看着他。他比那扫地的扫帚高不了多少，所以是用两只手抱着扫帚，他的扫帚尖所触过的地方，想要有一个黑点留下也不可能。他是一边扫一边玩，我看他把一小块粘在水门汀走廊上的泥土，用鞋底擦着，没有擦起来，又用手指甲掀着，等掀掉了那块泥土，又抡起扫帚来好像抡着鞭子一样的把那块掉的泥土抽了一顿，同时嘴里边还念叨了些什么。走廊上靠着一张竹床，他把竹床的后边扫了。完了他又去移动那只水桶，把小脸孔都累红了。

这时，院里的一位先生到这边来，当她一走下那高坡，她就用一种响而愉快的声音呼唤着他：

“林小二！……林小二！在这里做什么？……”

这孩子的名字叫林小二。

“呵！就是那个……林小二吗？”

那位衣襟上挂着圆牌子的先生说：

“是的……他是我们院里的小名人，外宾来访也访问他。他是流浪儿，在汉口流浪了几年的。是退却之前才从汉口带出来的。他从前是个小叫化，到院里来就都改了，比别的小朋友更好。”

接着她就问他：“谁叫你来扫的呀？哪个叫你扫地？”

那孩子没有回答，摇摇头。我也随着走到他旁边去。

“你几岁，小朋友？”

他也不回答我，他笑了，一排小牙齿露了出来。那位先生代说他是十一岁了。

关于林小二，是在不久之前我才听说的。他是汉口的街头的小叫化，已经两三年，就是小叫化了，他不知道父亲母亲是谁，他不知道他姓什么，他不知道他自己的名字是从哪里来的。他没有名，没有姓，没有父亲母亲。林小二，就是林小二。人家问：“你姓什么？”他摇摇头。人家问：“你就是林小二吗？”他点点头。



从汉口刚来到重庆时，这些小朋友们住在重庆，林小二在夜里把所有的自来水龙头都放开了，楼上楼下都湿了……又有一次，自来水龙头不知谁偷着打开的，林小二走到楼上，看见了，便安安静静的，一个一个关起来。而后，到先生那儿去报告，说这次不是他开的了。

现在林小二在房头上站着，高高的土丘在他的旁边，他弯下腰去，一颗一颗的拾着地上的黄土块。那些土块是院里的别的一些小朋友玩着抛下来的，而他一块一块地从房子的临近拾开去。一边拾着，他的嘴里一边念叨着什么似的自在说着话，他带着非常安闲而寂寞的样子。

我站在很远的地方看着他，他拾完了之后就停在我的后窗子的外边，像一个大人似的在看风景。那山上隔着很远很远的偶尔长着一棵树，那山上的房屋，要努力去寻找才能够看见一个，因为绿色的菜田过于不整齐的缘故，大块小块割据着山坡，所以山坡上的人家像大块的石头似不容易被人注意而混扰在石头之间了。山下则是一片水田，水田明亮得和镜子似的，假若有人掉在田里，就像不会游泳的人沉在游泳池里一样，在感觉上那水田简直和小湖一样了。田上看不见收拾苗草的农人，落雨的黄昏和起雾的早晨，水田通通是自己睡在山边上，一切是寂静的，晴天和阴天都是一样的寂静。只有山下那条发白的公路，每隔几分钟，就要有大汽车从那上面跑过。车子从看得见的地方一跑来，就带着轰轰的响声，有时竟以为是飞机从头上飞过。山中和平原不同，震动的响声特别大，车子就跑在山的夹缝中。若遇着成串的运着军用品的大汽车，就把左近的所有的山都震鸣了，而保育院里的小朋友们常常听着他们的欢呼，他们叫着，而数着车子的数目，十辆二十辆常常经过，都是黄昏以后的时候。林小二仿佛也可以完全辨认出这些感觉似的在那儿努力的辨认着。林小二若伸出两手来，他的左手将指出这条公路重庆的终点，而右手就要指出到成都去的方向罢。但是林小二只把眼睛看到墙根上，或是小土坡上，他很寂寞的自己在玩着，嘴里仍旧念叨着什么似的自己在说话。他的小天地，就是他周遭一丈远，仿佛他向来不想走上那公路的样子。

他发现了有人在远处看着他，他就跑了，很害羞的样子跑掉的。

我又看见他，就是第二次看见他，是一个雨天，一个比他高的小朋友，从石阶上一蹬一蹬的把他抱下来。这小叫化子有了朋友了，接受了爱护了。他是怎样一定会长得健壮而明朗的呀……他一定的，我想起班台来夫的《表》。

一九三九年春，歌乐山

# 骨架与灵魂

“五四”时代又来了。

在我们这块国土上，过了多么悲苦的日子。一切在绕着圈子，好像鬼打墙，东走走，西走走，而究竟是一步没有向前进。

我们离开了“五四”，已经二十多年了。凡是到了这日子，做文章的做文章，行仪式的行仪式，就好像一个人拜他那英勇的祖先那样。

可是到了今天，已经拜了二十多年，可没有想到，自己还要拿起刀枪来，照样地来演一遍。

这是始终不能想到的，而死的偶像又拜活了，把那在墓地里睡了多年的骨架，又装起灵魂来。

谁是那旧的骨架？是“五四”。谁是那骨架的灵魂？是我们，是新“五四”！

# 萧红生平事略

蒋亚林

## 1911 年

6 月 1 日（阴历五月初五，端午节），萧红出生于黑龙江省呼兰县 ( 现哈尔滨市呼兰区 ) 一个地主家庭。姓张，乳名荣华，学名张秀环。

萧红祖籍山东东昌府莘县长兴社十甲梁丕营村，今为山东省聊城市莘县董杜庄镇梁丕营村。乾隆年间，其先人张岱闯关东至关内，开始了其家族在东北的新的发展史。

## 1916 年

萧红外祖父将萧红的学名“张秀环”改为“张廼莹”。

## 1917 年

萧红祖母去世，萧红的祖父开始了对萧红的文学启蒙。

## 1919 年

萧红母亲姜玉兰不幸染上霍乱，医治无效去世。是年，萧红九岁。

年底，萧红父亲张廷举续弦，娶梁亚兰为妻，为萧红的继母。

## 1920 年

秋，萧红进入呼兰区第二小学（现为萧红小学）女生部学习（学制四年）。是年，萧红十岁。

## 1924—1926 年

读高小（学制二年）。

1924 年秋，萧红入北关初高两级小学校女生部，读高小一年级。

1925 年秋，萧红转入呼兰县第一女子初高两级小学校（在今呼兰县第一中学院内），插班读高小二年级。

1926 年夏，高小毕业。萧红想去哈尔滨读中学，遭到来自父亲和继母的强烈反对，萧红没有因此放弃要读书的愿望，开始与父亲、继母冷战，进行抗争。

## 1927 年

夏，萧红父亲张廷举同意萧红继续读书。

秋，萧红进入哈尔滨东省特别区区立第一女子中学（简称“东特女中”，或“哈尔滨女中”）读初中，学制三年。二十岁初中毕业。此校系“从德女子中学”的前身，现为“萧红中学”，在今邮政街 130 号。



## 1929 年

1 月初，由萧红六叔张廷献做媒，父亲给萧红定亲，未婚夫为汪恩甲。

6 月初，萧红祖父去世，萧红从此失去了世界上最关心、最爱护她的人。

## 1930 年

夏，萧红初中毕业。萧红想去北平读高中，而父亲和继母希望萧红与汪恩甲完婚，不赞成萧红去北京读高中，萧红决定为了求学抗婚。

7 月，为了抗婚求学，萧红与表哥陆哲舜逃到北平，就读于北平大学女子师范学院附属女子中学。历时半年。

## 1931 年

1 月，因为陆家断绝了陆哲舜的经济来源，走投无路的萧红与陆哲舜双双败回呼兰。

4 月上旬，萧红父亲将萧红软禁于阿城县福昌号屯。历时七个月。

10 月 4 日，萧红坐大白菜车逃离阿城县。

11 月，萧红开始在哈尔滨街头流浪，过起了颠沛流离、朝不保夕的生活。后与汪恩甲在东兴顺旅馆同居。

12 月，萧红怀孕。



## 1932 年

3 月，萧红离开汪恩甲，独自再赴北平。

3 月末，萧红与汪恩甲同回哈尔滨，再次入住东兴顺旅馆。

春，萧红创作了《可纪念的枫叶》、《偶然想起》、《静》、《栽花》、《公园》、《春曲》（组诗）等诗歌作品。

5 月，汪恩甲离开东兴顺旅馆，被家庭扣下。

6 月，因欠东兴顺旅馆食宿费，萧红被旅馆扣下，而且很有可能被卖到低等的妓院。

7 月，萧红给《国际协报》副刊主编裴馨园投书求援，裴馨园对萧红施以援手，展开救助。萧军因裴馨园之托去东兴顺旅馆探望萧红，两人一见钟情，萧红爱上萧军。萧红创作了《幻觉》一诗，此诗首刊于1934年的《国际协报》副刊《国际公园》，署名为悄吟。

8月，萧红生下一名女婴，并立即把女婴送人。

9月，萧红与萧军入住欧罗巴旅馆（今尚志大街150号）。后又搬到商市街25号（今红霞街25号）一座半地下的小屋，开始正式夫妻生活。




## 1933年

3月，萧红开始尝试文学创作，发表小说处女作《弃儿》。之后，陆续创作了短篇小说《看风筝》《腿上的绷带》《太太与西瓜》《两个青蛙》《哑老人》《夜风》《叶子》《清晨的马路上》《渺茫中》，散文《小黑狗》《烦扰的一日》《破落之街》，诗歌《八月天》等作品。

10月，萧红与萧军合出小说、散文集《跋涉》，引起了文坛的注意，萧红、萧军因此被誉为“黑暗现实中两颗闪闪发亮的明星”，并由此奠定了萧红、萧军二人在东北文坛的地位。

12月，《跋涉》遭查禁，萧红、萧军在哈尔滨举步维艰，二人计划离开哈尔滨，另谋出路。

## 1934年

2月，萧红创作了短篇小说《离去》。

3月，萧红创作了短篇小说《患难中》《出嫁》，创作了散文《蹲在洋车上》。

4月，萧红以悄吟为笔名，在哈尔滨《国际协报》副刊发表《生死场》(原名《麦场》)的前两章。

6月，萧红与萧军流亡到青岛。此次离开哈尔滨成为永别，直到八年后花落异乡，萧红再也没有回来过。

9月，萧红完成《生死场》后七章。

10月，萧红与萧军一同给鲁迅写信，并得到鲁迅的回信，由此与鲁迅开始了书信的往来。

11月初，萧红与萧军双双来到上海。

11月底，萧红见到鲁迅，并得到鲁迅的赏识，从此和鲁迅、许广平一家开始交往，并建立起深厚的感情。

12月，萧红、萧军接到鲁迅的邀请赴宴，并结识了茅盾等文学大家。

## 1935年

1月，萧红创作了散文《小六》。

2月，萧红创作了散文《过夜》。

5月，萧红完成回忆性散文集《商市街》。

6 月，萧红创作了散文《三个无聊人》。

11 月，鲁迅为萧红的《生死场》作序。

12 月，经鲁迅校阅、编订，萧红的《生死场》作为鲁迅主编的“奴隶丛书”之一，由容光书局出版，笔名萧红。

冬，萧红创作了散文《初冬》。

## 1936 年



1 月，萧红参与编辑的《海燕》创刊，并于当日售完两千册。萧红创作的散文《访问》首刊于《海燕》的创刊号上。

3 月，在鲁迅的引见下，萧红与美国作家史沫特莱在鲁迅家相识。

4 月，萧红的短篇小说《手》首刊于《作家》第一卷第一号。

6 月，萧红在《中国文艺工作者宣言》上签名。

7 月 15 日，鲁迅为萧红赴日本饯行。

7 月 16 日，萧红带着心灵之伤，远涉重洋，只身去岛国日本。历时半年整。

9 月 18 日，萧红为纪念“九一八”事变而写的散文《长白山的血迹》，在《大沪晚报》上发表。

10 月，萧红得知鲁迅先生病逝，陷入深深的悲痛之中。

11 月，萧红的小说、散文合集《桥》出版，署名为悄吟。

12 月，萧红创作了散文《永久的憧憬和追求》。

## 1937 年

1 月 9 日，萧红结束了在日本的学习和生活，离开东京，准备回国。

1 月 13 日，萧红回到上海。

3 月，《沙粒》（组诗）在《文丛》第一卷第一期发表，署名为悄吟。萧红创作了悼念鲁迅先生的诗歌《拜墓》。

4 月，因与萧军冲突，萧红只身去北平（这是第三次去北平）。

5 月，萧红接到萧军来信，由北平返沪。短篇小说集《牛车上》由上海文化生活出版社出版。

6 月，萧红创作了诗歌《一粒土泥》。

夏季，在上海召开的创办抗战文艺刊物筹备会上，萧红认识了端木蕻良。

8 月，萧红创作了散文《八月之日记一》《八月之日记二》《天空的点缀》《失眠之夜》《窗边》《在东京》。

9 月 28 日，因战事危急，上海成为一座“孤岛”，萧红、萧军同上海其他文化人一起退往武汉。

10 月 17 日，萧红创作了怀念鲁迅的散文《逝者已矣！》。该文章首刊于 10 月 20 日《大公报》第二十九号，署名为萧红。萧红创作了散文《小生命和战士》。在武汉，萧红开始了长篇小说《呼兰河传》的创作。在武汉蒋锡金家，萧红再次遇到端木蕻良。

11月，萧红创作了散文《两种感想》《一条铁路底完成》。

12月，萧红创作了散文《一九二九年底愚昧》。

## 1938年



1月16日，萧红参加题为“抗战以来的文艺活动动态与展望”的座谈会。当天，萧红的《〈大地的女儿〉与〈动乱时代〉》（书评）首刊于《七月》半月刊第二集第二期。

1月27日，萧红、萧军、端木蕻良等作家离开武汉，奔赴山西临汾民族革命大学任教。

2月，萧红到达临汾，并与丁玲相识，从此两个闻名中国的女作家建立起了深厚而又真挚的友谊。日军逼近临汾，在去留问题上，萧红、萧军出现了分歧，最终二人在临汾分手。萧红创作了散文《记鹿地夫妇》。

3月，萧红与端木蕻良、塞克、聂绀弩等人一起创作了引起巨大轰动与反响的三幕话剧《突击》。萧红发现自己怀孕。

4月，萧红正式与萧军分手，与端木蕻良正式确定恋爱关系。萧红参加由胡风主持的题为“现时文艺活动与《七月》”的文艺座谈会，并表达了自己的创作观。

5月下旬，萧红与端木蕻良在汉口大同酒家举行婚礼。

8月，萧红因逃难带着身孕独自上船，在码头被绳索绊倒。萧红创作了短篇小说《黄河》《汾河的圆月》。

9月，萧红寓居重庆。

10月，萧红寓作了短篇小说《孩子的演讲》《朦胧的期待》。

11月，萧红在医院产下一名男婴，男婴于三天后不幸夭折。

12月，接受苏联记者的采访。

## 1939年

1月，萧红创作了散文《牙粉医病法》，短篇小说《旷野的呼喊》。

春，萧红创作了散文《滑竿》《林小二》。

3月14日，萧红写致许广平信《离乱中的作家书简》。

4月，萧红与端木蕻良住重庆歌乐山。萧红创作了散文《长安寺》。

5月，萧红创作了短篇小说《莲花池》。

6月，萧红创作了散文《放火者》。

7月，萧红创作了短篇小说《山下》《梧桐》。

8月，萧红创作了散文《茶食店》。

9月，萧红整理完成回忆性散文《鲁迅先生生活散记——为鲁迅先生三周年祭而作》。

10月，萧红完成《回忆鲁迅先生》，开始《马伯乐》的创作。

12月，因为战乱，萧红与端木蕻良商量决定离开重庆，前往相对安全的香港。

## 1940年

1月19日，萧红与端木蕻良飞抵香港。

6月，萧红创作了散文《〈大地的女儿〉——史沫特烈作》。

7月，《回忆鲁迅先生》由重庆妇女生活社出版。

10月，萧红与端木蕻良共同创作哑剧《民族魂鲁迅》。

12月，萧红创作完成长篇小说《呼兰河传》。

## 1941年

1月，长篇小说《马伯乐（第一部）》由重庆大时代书局出版，署名为萧红。

2月，长篇小说《马伯乐（第二部）》在香港《时代批评》杂志连载，因萧红健康状况的日益恶化，小说未能完稿，连载到第九章结束。

萧红主持由“文协”香港分会等文化团体举办的欢迎史沫特莱、宋之的、夏衍、范长江等人来港的茶会。

3 月，萧红创作了短篇小说《北中国》。

5 月，史沫特莱准备回美国，并带走了萧红的一些作品，打算在美国出版萧红的作品。

8 月，萧红入住香港玛丽医院，诊断为肺结核。

9 月，萧红的《马房之夜》被美国作家译成英语，作品在美国发表。

11 月，因住三等病房，萧红受到冷遇，在于毅夫帮助下，出院回家。

## 1942 年

1 月 12 日，萧红入住跑马地养和医院。

1 月 13 日，萧红被误诊为喉瘤，并被医生实施了手术，手术失败，萧红的健康状况每况愈下。

1 月 18 日，玛丽医院重开业，萧红再次入住。

1 月 19 日，萧红病重，口不能言，在纸上写："我将与蓝天碧水永处，留得那半部'红楼'给别人写了……"又写："半生尽遭白眼冷遇……身先死，不甘，不甘！"

1 月 22 日，上午 10 点，萧红与世长辞，享年三十一岁。萧红死后，端木蕻良剪下萧红一缕青丝。1992 年，萧红的故乡黑龙江省呼兰县建萧红墓，墓中埋葬的就是端木蕻良剪下的这缕青丝。

1 月 24 日，萧红遗体火化。部分骨灰被葬在浅水湾丽都酒店前花坛里，后被迁葬回广州，剩余骨灰一直被安葬在香港，以供后人悼念。

# 编后记

萧红是20世纪30年代以来，个性和创作风格都相对突出的作家之一。由于特殊的生活经历和情感经历，加上受到鲁迅先生格外的提携和帮助，萧红一直受到了世人过多的关注和评论。她的主要作品如《生死场》《呼兰河传》等，也是图书市场上的常销书；关于她的研究书籍，市面上也不断有“新面孔”出现。新时期以来，仅我所见，就有萧凤的《萧红传》，骆宾基的《萧红小传》，萧军编著的《萧红书简辑存注释录》和《鲁迅给萧军萧红信简注释录》，庐湘的《萧军萧红外传》，美国汉学家葛浩文的《萧红评传》，钟耀群的《端木与萧红》，郭玉斌的《萧红评传》，叶君的《从异乡到异乡》，单元的《走进萧红世界》，季红真的《萧红全传》，等等多部，各种单篇文章更是数不胜数。这些书籍和文章，从不同的角度，书写了萧红短暂而不平凡的一生，对她独具特色的作品风格也进行了概述和评论。

就我个人阅读而言，萧红也是较早进入我阅读视野的作家之一。20 世纪 80 年代初，那时我还是一个懵懂的文学少年，在阅读《生死场》时，产生了不小的障碍，觉得她的小说故事性不强，语言怪异，枝蔓多，风景描写也多，可读性不强，多次想弃之一旁，但转念一想，既然鲁迅先生都写了序言，那一定是好小说了，算是勉强读完了。直到多年后，读过《呼兰河传》并重读了《生死场》，才感觉到萧红的了不起，才顿悟：一个作家，不管他（她）活多久，作品的量有多少，一定要建立自己的语言体系和叙事风格，要有自己清晰的面目，用现在时尚的话说，要有辨识度，也就是说，要做一个文体家，对汉语有独特的贡献，否则，必定会被淹没在浩瀚的文字当中。沈从文是这样的作家，萧红也是这样的作家。直到这时候，我才对萧红的作品有了全新的认识。为了加深对她的了解，我还刻意搜罗她的著作和与她有关的文字，后来又陆续读到她的一些小说、诗歌和散文，如作为文学丛刊之一的《商市街》等，对她的语言风格和叙事风格更加地喜欢了，对她作品的文体特征和思想内涵更加地推崇了；同时，也开始关注有关她的评论，还把《鲁迅全集》里鲁迅致萧军、萧红的信，通读了一遍，对茅盾等人评价她的话也深以为然。

早在 2014 年，我在为中国书籍出版社选编“中国书籍文学馆·大师经典”时，就选编了《萧红精品选》，精选了她的小说、散文和诗歌共三十万字，出版后，连续加印了多次。后来又约扬州作家蒋亚林先生写了一本《从呼兰河到浅水湾——萧红传》，也由中国书籍出版社于2015年出版发行，在读者中产生了较大的反响，收到了较好的社会效益。

这次编辑“回望萧红”系列丛书，我们在三年前就开始启动，征求了许多专家学者的意见，书目也列了多种，经过多方面的考虑，我们选择了十种图书在前期出版，其中有萧红的代表作《生死场》（萧红中篇小说）、《呼兰河传》（萧红长篇小说）和《马伯乐》（萧红长篇小说），也有《旷野的呼喊》（萧红短篇小说选）、《红的果园》（萧红短篇小说选）和《春意挂上了树梢》（萧红散文选）。此外还把萧红写鲁迅的文章，选编成一本《亦师亦友亦如父：萧红笔下的鲁迅》。需要说明的是，在这本书中，有两篇关于鲁迅的文字没有收入，一篇是诗《拜墓》，一篇是哑剧《民族魂鲁迅》，因为这两篇文字收进了《有如青杏般的滋味：萧红诗歌戏剧选》里了。在《亦师亦友亦如父：萧红笔下的鲁迅》里，把鲁迅写给萧军、萧红的书信作为附录，也一并收入，读者通过对照阅读，可以了解鲁迅当年是如何扶持帮助他们成长为优秀作家的大致经过。此外，几年前出版的《从呼兰河到浅水湾——萧红传》，经作者同意后，也收入到这套丛书中，丰富了这套书的内容，让读者在阅读萧红作品时，对她的一生有个较详细的了解。

陈　武

2019 年 5 月 20 日匆匆于北京团结湖